KB161362

내일의 생존기

내일의 생존기

첫판 1쇄 펴낸날 2023년 1월 5일
2쇄 펴낸날 2023년 5월 17일

지은이 최현주
발행인 김혜경　**편집인** 김수진
주니어 본부장 박창희
편집 길유진 진원지 강정윤 조승현
디자인 전윤정 김혜은
마케팅 최창호 임선주
경영지원국 안정숙
회계 임옥희 양여진 김주연

펴낸곳 (주)도서출판 푸른숲
출판등록 2003년 12월 17일 제2003-000032호
주소 경기도 파주시 심학산로 10, 우편번호 10881
전화 031) 955-9010　**팩스** 031) 955-9009
홈페이지 www.prunsoop.co.kr　**인스타그램** @psoopjr
이메일 psoopjr@prunsoop.co.kr

• 이 책은 　광주광역시 GWANGJU CITY · 광주문화재단 Gwangju Cultural Foundation의 지역문화예술특성화지원사업으로 지원받아 발간되었습니다.
• KOMCA 승인필

내일의 생존기

최현주 소설집

푸른숲주니어

미나의 바이러스

미나는 오랜만에 피아노 학원에 다시 나갔다. 요새는 코로나19에 확진이 되어도 대부분 집에서 일주일 동안 자가 격리를 하는 정도다. 그런데 미나는 '오메가'라는 변이 바이러스에 감염돼 한 달 만에 겨우 완치 판정을 받고 퇴원할 수 있었다. 손가락이 굳을까 봐 마음이 급해졌다. 학원에 가면서 근처에서 마카롱을 사 가기로 했다. 오랜만에 보는 선생님과 친구들에게 하나씩 나눠 줄 생각에 허밍이 나올 정도로 즐거웠다.

미나가 다니는 피아노 학원은 대학 입시를 위해 소수 정예로 운영되는 곳이다. 일대일 강습이어서 다음 수업을 듣는 학생 외에는 다른 사람을 마주칠 일이 거의 없었다. 그런데 학원 문을 열자마자 큰 키에 안경을 쓴 남자애와 눈이 마주 쳤다. 처음 보는 아이인 듯한데 미나를 뚫어져라 쳐다보았다. 미나는 머리나 옷을 매만져 봤지만, 딱히 이상한 부분은 없는 것 같았다.

어색함을 지우려고 선물이라며 마카롱을 건넸다. 그 남자 애는 아무 말 없이 가만히 서 있기만 했다. 마카롱을 받는 것도 아니고, 거절하는 것도 아니라서 민망하기 그지없었다. 할 수 없이 옆에 있는 책상에 마카롱을 내려놓고 연습실로 돌아 섰다.

그 남자애는 계속 미나에게 강렬한 눈빛을 보내며 연습실 주변을 어슬렁거렸다. 미나는 잘 움직이지 않는 손가락으로 손풀기 연습을 하면서도 남자애의 움직임이 자꾸 신경에 거 슬렸다. 결국 연습을 멈추고 잠깐 쉬기로 했다. 휴게실에서 물을 마시는데, 남자애가 다가와 말을 걸었다.

"너, 왜 그랬어?"

마치 서로가 전부터 아는 사이라는 듯한 말투였다. 미나는 남자애를 만난 적이 있는지 기억 속을 더듬었다.

"뭐야? 날 알아?"

남자애는 미나를 가만히 쳐다보다가 못마땅한 얼굴로 혀를 차고는 돌아서 가 버렸다.

미나는 기가 막혔지만 남자애의 정체가 은근히 궁금했다. 그 남자애가 보일 때마다 미나의 심장이 이유도 없이 두근거렸다. 이게 첫눈에 반하는 건가 싶었다.

미나는 학원 선생님에게 마카롱을 건네며 남자애가 누군지 물었다.

"피아노 전공하는 유진이잖아. 잘생겨서 인기도 많은 편인데, 몰라? 거기다 너랑 연습 시간이 비슷해서 자주 봤을 텐데. 그새 잊어버린 거야? 저 얼굴을?"

선생님이 미나를 놀리듯이 말했다. 하지만 미나는 선생님의 말이 이해되지 않아서 고개를 갸웃거렸다. 작곡을 전공하기로 정한 작년부터 일주일에 세 번은 학원에 나왔는데, 남자애를 한 번도 보지 못한 게 이상했다. 생각 같아서는 남자애의 마스크를 내려서 얼굴 전체를 보고 싶었다.

미나는 남자애나 신경 쓰고 있을 때가 아니라고 생각하면서 연습실로 들어가 피아노를 치기 시작했다. 피아노를 배우다가 5학년 때 난생처음 작곡한 곡이었다. '도미솔, 파라도, 솔시레' 기본 코드만 반복해서 만든 아주 간단한 곡이었다.

집에 온 강아지, 꿍이를 위한 환영 노래였다.

솔솔미도레 솔솔파미레…….

건반을 따라 그때의 추억이 하나씩 떠올랐다. 악보 없이도 손이 절로 움직였다. 그 이후에 작곡한 곡들도 연이어 기억났다. 엄밀히 말해 작곡이라기보다는 유명한 클래식 소품을 모방한 습작에 지나지 않았지만.

손이 풀리자 속도가 났다. 신이 나서 연주를 멈출 수 없었다. 그러다 손가락이 건반에서 살짝 미끄러졌다. 미나는 잠시 쉬면서 손가락 스트레칭을 했다.

"아무래도 이상해."

미나는 혼잣말로 중얼거렸다. 작곡한 곡이 대부분 떠올랐다. 그런데도 남자애를 본 기억은 희미하기만 했다. 눈앞에 뿌연 안개가 낀 것 같았다.

다음 날 미나는 학원 근처 공원에서 유진을 보았다. 유진은 벤치에 앉아 휴대폰을 보며 피아노를 치듯이 손가락을 까닥거리고 있었다. 미나는 그 모습에 심장이 쿵 내려앉았다.

그때였다. 미나의 시선을 알아챈 유진이 자리에서 벌떡 일어나 성큼성큼 다가왔다. 미나는 유진이 자신을 기다린 건 아닐 거라고 생각하면서 쿵쿵 뛰는 심장을 달랬다. 입에서 뭐라도 내뱉지 않으면 이 순간을 참을 수 없을 것 같았다.

"나를 왜 계속 쫓아다니는 거야?"

미나는 뒤로 주춤 물러나면서 소리쳤다.

"너, 진짜 어이없다. 이젠 나도 몰라."

유진은 기분 나쁘다는 표정으로 미나를 지나쳐 가 버렸다. 미나는 자신이 좀 황당한 소리를 했다는 생각이 들었지만 이미 늦은 뒤였다.

미나는 학원에 도착한 뒤 유진의 연습실 앞을 서둘러 지나려고 하다가 자기도 모르게 발걸음이 멈췄다. 듣기만 해도 설레는 곡이 흘러나오고 있었다. 세상에 발표된 유명한 곡은 아닌 것 같았다. 만약 유진의 자작곡이라면 꽤 괜찮은 실력이라는 생각이 들었다. 유진이 자신과 같은 작곡과 지망생이 아니라는 게 다행이었다. 곡의 제목을 묻고 싶었지만, 정신없이 연주에 빠져든 유진을 지켜보는 수밖에 없었다.

하지만 연주를 마친 유진은 미나가 보이지 않는다는 듯이 옆을 스쳐 가 버렸다. 미나는 그 뒷모습의 잔상에 오랫동안 사로잡혔다.

미나가 병원에서 퇴원한 지 이틀이 지났다. 치료가 종료되었어도 검진을 위해 매일 병원에 가야 했다. 병원에만 오면 생사를 오갔던 기억 때문인지 몸이 움츠러들었다. 아니, 다시 몸이 아픈 것 같았다. 따끔거리는 주삿바늘로 피를 뽑는 것도 맘에 들지 않았다.

"어때? 몸은 좀 괜찮니?"

의사는 조금 튀어나온 배에 손을 얹고 인자한 미소를 지었다. 미나는 배시시 웃으며 자신의 목숨을 구해 준 은인에게 마카롱을 내밀었다. 의사는 좋아하는 간식이라며 마카롱 하나를 바로 입에 넣었다.

미나는 2학기가 시작되던 날 아침, 방 안에서 정신을 잃고 쓰러졌다. 응급실로 실려 가 검사하던 중에 변이 바이러스 오메가에 감염된 것을 알게 되었다. 공항에서 일하는 엄마로부터 전염된 듯했다. 함께 생활했던 아빠는 확진되지 않은 게 그나마 다행스러운 일이랄까? 새 학기 준비를 한답시고 피아노 학원을 일주일 쉰 것도 천운이었다. 괜히 다른 사람에게까지 전염시켰으면 마음이 더 힘들었을 것이다.

오메가 바이러스는 하필이면 미나의 뇌로 침투하고 말았다. 그것도 수술이 어려운 뇌 깊숙한 곳까지 퍼진 상황이었다. 변이 바이러스의 출현은 끝날 듯 끝나지 않았다. 바이러스 변이가 예측 불가능해서 백신 개발도 그 속도를 따라잡지 못하고 있었다.

오메가는 가장 최근에 출현한 바이러스로 '미지의 변종'이라고 일컬어졌다. 데이터가 희소해서 바이러스의 특징이나 감염 증상 등 밝혀진 내용이 거의 없었다. 그나마 알려진 건 확진자 중에 10대의 비율이 압도적으로 높다는 정도. 거기다 10대 감염자의 경우 치료 경과가 성인보다 좋지 않았다.

미나도 마찬가지였다. 엄마가 일주일 만에 음성 확인을 받은 것과는 다르게, 미나는 예후가 좋지 않아서 사흘 후에 혼수상태에 빠지고 말았다. 게다가 치료제도 마땅히 없었다. 병원에서는 아빠에게 최신의 치료법을 제시했다. 아직 임상 시험 단계의 치료법이라 안전하다고 장담할 수는 없었다. 하지만 목숨이 경각을 다투는 상황인지라 하루라도 빨리 선택해야만 했다. 아빠는 병원에서 내민 서류에 서명하고 한참이나 울었다.

미나는 다행스럽게도 한 달 만에 완치 판정을 받고 퇴원을 할 수 있었다. 하지만 새로운 치료법의 임상 결과가 나올 때까지 정기적으로 병원을 방문해 필요한 검사를 받아야만 했다. 그래도 퇴원 후 새 휴대폰을 장만하게 된 것만큼은 좋았다. 병원에 급하게 실려 가는 바람에 휴대폰을 잃어버렸는데, 의식이 돌아와 몸이 많이 좋아지고 나서야 그 사실을 알았다. 병원에서 지내는 동안 휴대폰이 없어서 꽤 심심했지만, 아빠가 퇴원 선물로 최신 폰으로 사 주겠다는 말에 꾹 참을 수밖에 없었다.

"조금이라도 이상이 있으면 바로 얘기해야 해. 알았지?"

"전 실험용 쥐인 거죠?"

미나는 이제는 제법 친해진 의사에게 투정을 좀 부리고 싶었다.

"자부심을 가져도 돼. 네 임상 시험을 바탕으로 이 치료법이 상용화된다면 수많은 목숨을 살릴 수 있어."

허공의 어딘가를 바라보는 의사의 눈이 반짝거렸다. 미나는 쿡쿡 웃으며 맞장구쳤다.

"네에, 선생님의 꿈은 너무 자주 들어서 이제는 완전히 외울 정도예요. 근데 저, 이마에 미열이 조금 있는 것 같은데. 괜찮겠죠?"

"그래? 혈액 수치상으로는 별문제가 없는데. 좀 더 자세히 말해 봐."

"아니에요. 그냥 제 느낌인가 봐요. 퇴원한 지 얼마 안 돼서 아직도 어디가 아픈 것 같은 착각이 들 때가 가끔 있거든요."

미나는 뒷머리를 긁적이며 헤헤 웃었다. 하지만 병원을 나오면서 자신의 이마에 손등을 갖다 댔다. 손이 차가운 건지, 이마가 따뜻한 건지 도통 알 수가 없었다.

며칠 후 의사는 평소와는 사뭇 다른 분위기를 풍기며 미나를 맞이했다. 항상 미소를 짓고 있던 의사가 오늘따라 심각한 표정으로 손깍지를 끼고 있었다.

"놀라지 말고 들어. 우리가 너에게 시행했던 새로운 치료법이 뭔지는 알지?"

"대충요······."

미나는 치료법에 대해서 듣기는 했지만 어려운 의학 용어가 많아서 온전히 이해하기는 힘들었다. 단지 나노봇이라는 걸 주입해 뇌 깊숙한 곳에 침투한 바이러스를 박멸시켰다는 것 정도?

"우리는 너를 퇴원시키기 전에 네 몸에서 나노봇을 회수했어. 근데 그중 하나가 회수되지 않고 몸 안에서 오류를 일으킨 듯해."

"네? 그게 무슨 말이에요?"

미나의 얼굴이 해쓱해졌다. 의사의 말이 귓바퀴에서 뱅뱅 도는 느낌이었다.

"네 몸 안에 나노봇 하나가 남아 있다고. 원래는 치료가 다 끝난 다음에 유도 물질을 따라 피를 뽑을 때 딸려 나와야 하거든. 근데 아직까지 나오지 않고 있어. 지난 이틀간 어떤 하루를 보냈는지 구체적으로 얘기해 볼 수 있겠니? 전과 달라진 게 있는지 확인해야 할 것 같은데."

미나는 가까이 다가온 의사의 얼굴을 외면하며 퇴원한 이후의 일들을 떠올렸다. 하지만 그 어떤 일도 의사가 이야기한 뜻밖의 상황과 연결되는 것 같지는 않았다. 그래도 더듬거리며 자신에게 일어난 일들을 간단하게 말했다.

"우리도 더 조사해 볼 테니까, 너도 네 몸 상태를 잘 살펴보도록 해. 아주 작은 거라도 이상하면 바로 말해. 알았지?"

미나는 잔뜩 겁을 주는 의사의 눈빛에 마른침을 꿀꺽 삼켰다. 그날 온종일 병원에서 종합적으로 검진을 받았다. 혈압과 맥박, 체온 등을 잰 뒤 MRI를 찍거나 피를 뽑고 나서도 한참을 더 기다려야 했다.

그런데 검사 결과를 보던 의사들의 얼굴이 잔뜩 굳었다.

미나는 자신의 몸에 이상이 생겼다는 예감이 들었다.

"뭐예요? 빨리 말해 주세요. 뭔가 잘못된 거죠?"

미나는 도저히 가만히 있을 수가 없어서 담당의에게 캐물었다.

"미나야, 아직 확실하지 않아. 가서 조금만 더 기다려."

미나는 의사의 팔을 붙잡고 매달렸다.

"각오했으니까. 그냥 솔직히 말씀해 달라고요."

의사가 깊은 한숨을 내쉬며 영상 하나를 보여 주었다. 사람의 두뇌 사진이었지만, 미나는 뭐가 뭔지 알 수 없었다.

"네가 전에 말했지? 모르는 사람이 아는 척을 한다고. 우리는 그게 나노봇 때문이라고 추측하고 있어."

"네? 왜요?"

"머릿속 바이러스를 박멸한다는 임무를 끝낸 나노봇이 이제 기억을 가진 세포들을 공격하고 있는 것 같아. 그래서 겉으로 드러나지는 않지만, 본인만 느낄 정도의 미열이 계속되었던 거야."

"마, 말도 안 돼요. 다른 기억은 다 멀쩡한데. 왜 그 아이에 대한 기억만 없는 건데요?"

"맞아. 말이 안 되지. 우리도 그것 때문에 고민하고 있어.

어떤 기억을 잃어버렸는지 알아야 분석을 할 수 있는데. 넌 뭘 잊어버렸는지도 모르잖아. 혹시 그 애를 여기로 데려올 수 있어? 우리가 그 애랑 얘기를 좀 나눠 보고 싶어. 그래야 나노봇이 네 몸에서 어떤 작용을 하는지 더 정확하게 따져 볼 수 있으니까. 그러면 앞으로 어떻게 움직일지도 예측할 수 있을 거야.”

미나는 놀란 입이 다물어지지 않았다. 의사가 아무리 쉽게 설명한다고 해도 어이가 없을 뿐이었다. 이마를 짚은 손에서 따뜻함이 느껴졌다. 체온계로는 측정되지 않을 정도의 미열이었다. 이게 나노봇이 자신의 기억을 파괴하고 있다는 증거라니! 믿을 수가 없었다. 꿈이라면 당장이라도 깨고 싶었다.

앞으로 사라질 기억이 뭐가 있을까 생각하는 순간, 온몸에 오싹 소름이 돋았다. 모든 기억이 사라지면 텅 비어 버린 껍데기가 될 것 같았다.

미나는 결국 유진을 공원으로 불러냈다. 유진은 팔짱을 낀 채 턱을 위로 치켜들고 있었다.

“뭐야? 쫓아다닌다고 몰아붙일 땐 언제고. 아직 볼일이 남아 있어?”

미나는 뾰로통하게 입술을 내민 유진의 모습이 귀여워서 심각한 상황인데도 웃음이 나왔다. 화가 났는지 유진의 입술이 파르르 떨렸다.

"미안, 미안. 내가 요새 이상한 일을 많이 당해서 통 웃지를 못했어. 너, 알고 있지? 요즘 유행하는 신종 변이 바이러스. 나, 얼마 전에 그 바이러스에 감염되었다가 치료받은 후로 인생이 확 바뀌어 버렸거든. 갑작스런 부탁이지만 나랑 병원에 좀 함께 가 줄래?"

"설마 지금 오……메……가를 말하는 거야?"

유진이 깜짝 놀라며 뒤로 물러섰다. 미나는 최근의 감염 상황에서는 유진의 반응이 그럴 수밖에 없다고 생각하면서도 서운한 마음이 들었다.

"다 나았거든? 이제 항체가 생겨서 너보다 더 튼튼해졌어. 걱정 마. 나한테서 전염될 일은 없을 테니까."

미나는 스스로 건강하다고 말하는 것이 조금 찔리기는 했지만, 부러 큰소리를 쳤다.

"……알았어. 근데 내가 왜 병원에 가야 하는데?"

미나는 유진에게 자신의 상황을 얘기했다. 딴에는 열심히 설명했는데도 돌아오는 반응은 냉랭하기만 했다.

"내 기억? 그럼 우리 사이의 일은 이제 나밖에 모른다는 거네?"

유진의 목소리가 퉁명스럽게 느껴졌다. 미나는 유진의 말에 불안해졌다. 생각대로 흘러가지 않는 상황이 맘에 들지 않았다. 유진과의 사이에 기억나지 않는 뭔가가 있을지도 모른다는 생각에 가슴이 섬뜩했다.

"솔직히 아무한테도 얘기하기 싫어. 이 세상에서 나밖에 기억하지 못하더라도 괜찮거든. 왜냐면 이건 내······."

유진은 뒷말을 끝맺지 못한 채 슬픈 눈빛으로 미나를 바라보았다. 미나도 말문이 막히고 말았다. 유진에게 왜 그런 눈으로 자신을 바라보느냐고 묻고 싶었지만, 차마 입을 열 수 없었다.

"무리한 부탁을 해서 미안해. 근데 나한테는 엄청나게 중요한 문제야. 그러니까 왜 너와 관련된 기억만 사라졌는지 반드시 알아야 해."

유진은 자신의 머리를 헝클이다가 한숨을 푹 내쉬며 고개를 숙였다.

"알았어. 근데 병원에는 안 갈 거야. 너한테만 말할 거니까, 네가 알아서 전해."

유진은 제 손을 만지작거리며 망설이다가 천천히 입을 열었다.

"널 처음 본 건 피아노 연습실에서였어……."

유진은 미나를 보고 자신의 라이벌이 나타났다고 생각했다. 미나의 연주를 듣자마자 발걸음이 저절로 멈춰질 정도였다. 자기도 모르게 주먹이 꽉 쥐어졌다. 경쟁심에 불이 붙어 손이 아플 정도로 연습하는 나날이 이어졌다.

나중에 알고 보니 미나는 작곡과 지망생이라고 했다. 뭔가 배신을 당한 듯한 느낌이었다. 그렇게 피아노를 잘 치면서도 전공으로 삼지 않는다는 게, 자신을 피하는 건가 싶어서 허탈한 기분이 들었다.

그러고는 이내 생각지도 못한 감정에 당황하고 말았다. 말한번 나눠 보지 못한 아이에게 느낄 감정은 아니었다. 유진은 그런 미나의 존재를 머릿속에서 지우려 애썼다.

얼마 후 레슨을 앞둔 연습실 피아노 위에 악보 하나가 마카롱과 함께 놓여 있었다. '이유―진'이라는 제목으로 봐서는 자신에게 보낸 것 같았다. 얼굴이 화끈거리는 느낌에 자기도 모르게 주변을 둘러봤지만 아무도 없었다.

유진은 자리에 앉아 악보대로 음을 쳐 보았다. 살랑거리는 바람처럼 부드럽게 이어지는 선율이었다. 세상에 다시없을 누군가의 창작품이었다. 유진은 갑자기 심장이 두근두근 뛰는 게 느껴졌다. 이 자작곡을 선물로 줄 사람은 왠지 미나밖에 떠오르지 않았다. 아니, 반드시 미나였으면 좋겠다는 생각이 들었다.

그러던 어느 날이었다.

똑똑.

?

난 작곡과 지망하는 미나야. 학원 단톡방에서 네 톡 계정으로 연락해. 혹시 불쾌하니? 그렇다면 미안!

아……, 아니. 무슨 일?

혹시 다음 주 레슨이 끝난 뒤 공원에서 잠깐 볼 수 있을까?

미나의 메시지를 받고, 유진은 설레는 마음에 밤잠을 설쳤다. 그날은 바로 유진의 생일이었다. 하지만 미나는 공원에 나오지 않았다. 유진은 저녁 먹는 시각도 훌쩍 지나 어쩔 수 없이 발걸음을 돌렸다.

다음 날 유진은 미나에게 전화를 걸어 봤지만 휴대폰이 꺼져 있었다. 그렇다고 학원 선생님에게 미나에 관해 물어볼 수도 없었다. 유진은 며칠 동안 학원과 공원을 오갔지만, 미나는 끝까지 나타나지 않았다. 유진은 미나가 자신을 놀린 거라고 생각했다. 미나에게 화가 나면서도 다시 만나길 간절히 바랐다.

"그럼 저번에 연습실에서 쳤던 곡이⋯⋯."

미나는 손바닥으로 입을 막았다.

"이제 기억나?"

유진이 미나에게 기대가 가득 담긴 눈길을 보냈다. 미나는 기억을 더듬어 보다가 고개를 가로저었다. 아무래도 유진 혼자서 꿈꾸고 있는 것 같았다. 그렇게 생각하니 팔에 오소소 닭살이 돋았다.

"내 기억은 다 얘기했으니까. 이제 네 기억은 네가 알아서 해.”

미나의 반응이 실망스러웠는지 유진은 정색하고 자리에서 일어났다.

미나는 뒤도 돌아보지 않고 멀어져 가는 유진을 붙잡지 못했다. 자신이 유진에게 공원에서 보자고 했다는 게 도통 믿기지 않았다. 진짜로 불러냈다면 뭘 하려고 했을까? 미나는 얼굴이 홧홧 달아올라 고개를 세차게 흔들었다. 유진이 왜 병원에 가서 얘기하기를 거부했는지 이제는 알고도 남았다. 이런 건 남에게 아무렇지도 않게 털어놓을 수 있는 이야기가 아니었다. 하지만 미나에게는 나노봇 문제가 더 심각했다.

미나는 담당의를 만났다.

“선생님, 제 기억에 없는 그 남자애랑 얘기해 봤는데요. 제가 문자 메시지를 보내 만나자고 했대요. 근데 그날 하필 제가 병원에 입원해서……. 어디까지가 진짜인지 잘 모르겠어요.”

미나는 유진이 해 준 말을 아주 간략하게 요약해서 담당의에게 전했다. 나노봇 문제만 아니라면 절대 하지 않았을 얘기였다.

다음 날 미나는 의사의 갑작스러운 호출에 병원으로 허겁지겁 달려갔다.

"미나야, 기뻐해. 우리가 드디어 알아냈어!"

의사는 미나의 손을 잡고 위아래로 정신없이 흔들었다.

"도파민이야, 도파민!"

미나는 고개를 갸웃거렸다.

"나노봇이 네 머릿속에서 가장 행복한 기억이 담긴 세포를 흡수한 거야. 우리의 유도 물질보다 행복한 기억에서 나오는 도파민이라는 물질에 더 끌린 거라고."

미나는 의사의 말에 눈썹을 찡그리고 말했다.

"그럴 리가요. 걔에 대한 기억이 뭐가 행복하다고⋯⋯."

"넌 잊어버렸으니까 당연히 모르겠지. 하지만 분명히 행복하고 설레는 기억이었을 거야. 가장 최근의 기억 중에서 말이야."

미나는 설렌다는 말에 얼굴이 붉어지고 말았다. 자신의 감정을 숨기기 위해 서둘러 화제를 돌렸다.

"어쨌든 그러면 이제 제 문제는 고칠 수 있는 거죠? 나노봇을 빼내거나, 기억이 사라지지 않게요."

의사는 어두운 표정으로 고개를 숙였다.

"미안하다. 지금 당장은 나노봇 회수가 불가능할 것 같아. 그래도 연구를 더 진행해서 꼭 회수할 거라고 약속할게. 그리고 네 기억은 말이다. 솔직히 지워지는 속도는 도파민이라는 물질을 주입하는 걸로 조금 늦출 수 있을 거야. 확실한 건 직접 해 봐야 알겠지만."

미나는 실망스럽고 맥이 빠졌다.

"나노봇 때문에 이미 지워진 기억은요? 다시 기억날 가능성은 전혀 없는 거예요?"

"……지금 우리 기술로는 기억의 원상 복구는 불가능해. 정말 미안하다."

의사는 미나를 똑바로 보지 못했다. 의사의 절망스러운 말에 미나의 눈빛은 텅 빈 듯 공허해졌다.

귀갓길에 미나는 집까지 어떻게 갔는지도 모를 정도로 정신이 없었다. 자신의 머릿속을 떠다니는 나노봇이 행복한 기억을 사라지게 하고 있다는 말이 믿기지 않았다. 은인이라고 생각했던 의사 때문에 제 삶에 이렇게 큰 구멍이 생길 줄이야. 자신을 살리기 위한 치료법이었지만, 이런 함정이 도사리고 있을 줄은 꿈에도 몰랐다.

어제까지만 해도 미나는 생사의 갈림길에서 겨우 돌아와 새로운 삶이 펼쳐졌다고 생각했다. 그리고 많은 사람의 목숨을 살릴 수 있는 치료제 개발에 저 또한 무언가를 기여했다며 뿌듯해하기도 했다. 하지만 그 모든 게 헛된 망상에 지나지 않았다.

집에 도착하자마자 피아노 방으로 향했다. 작곡을 위해 방음 시설을 갖춘 방이었다. 더는 아무 생각도 하기 싫었다. 피아노 건반을 쾅쾅 쳐 대고 싶었다. 그렇게 건반에 몰두하다 보면 세상 모든 골칫거리가 사라질 듯 멀어지며 아무렇지도 않게 느껴졌다. 마음속에 소용돌이치던 나쁜 감정들이 잠잠하게 가라앉곤 했다.

입원을 하기 전에는 매일 닦아서 윤이 나던 피아노에 어느새 먼지가 뽀얗게 쌓여 있었다. 미나는 마른 천을 가져와 먼지를 닦아 냈다. 쌓아 둔 악보집 틈에 표지가 너덜너덜해진 연습장이 있었다. 연습장에 묻은 손때가 그리워져서 슬며시 꺼내 들었다.

처음 작곡에 재미를 붙였을 때 항상 갖고 다니며 영감을 메모하던 공책이었다. 연습장을 이리저리 훑어보니 삐뚤빼뚤 적어 내려간 음계가 서툴면서도 사랑스러웠다.

신기한 건 제일 뒷장에 그려진 악보였다. 그 악보는 이미 기보 스타일이 잘 숙련된 최근의 흔적 같았다. 그런데 왜 기억나지 않을까? 곡을 몇 번이나 갈팡질팡하며 고쳐 쓴 흔적이 오롯이 남아 있었다. 그것만으로도 자신이 이 곡에 얼마만큼 심혈을 기울였는지 알 만했다. 그런데도 제목을 쓰는 칸은 텅 비어 있는 게 이상했다.

연습장을 펼쳐 놓고 음계를 따라 피아노를 쳤다. 건반을 하나씩 따라가다 보니 귀에 익숙한 멜로디였다. 며칠 전에 학원에서 유진이 쳤던 곡이란 게 떠올랐다. 계속 쳤더니 초가을 너른 벌판에 올라 시원한 바람을 맞으며 서 있는 느낌이 들었다. 미나는 눈을 감고 음악에 빠져들었다. 눈앞으로 음계들이 지나가며 춤을 췄다. 기분이 좋아졌다. 설레서 가슴이 두근거렸다.

건반을 칠 때마다 음표를 그릴 때의 감정이 조금씩 떠올랐다. 가슴이 두근거리는 설렘, 큰일을 앞둔 때의 애타는 초조함, 어쩔 줄 몰라 하는 부끄러움, 거절당할지도 모른다는 두려움 등 여러 감정이 흘러넘쳤다.

그제야 깨달았다. 그건 고백을 앞둔 사람의 마음이었다. 미나는 행복한 기분을 느끼며 눈물을 흘렸다. 사라졌어도 사라진 게 아니었다. 마음으로 느낀 건 작은 흔적으로라도 남아 있었다. 나노봇이 모든 기억을 없애진 못한 모양이었다. 그렇다면 희망은 있었다.

미나는 벌떡 일어나서 무작정 집을 나섰다. 고백을 하기로 했다. 거기서부터 유진과의 기억을 다시 쌓아 올려 보자고 다짐했다. 행복한 기억을 더 많이 만들어 나노봇이 아무리 지워도 소용없게 만들고 싶었다.

약속을 지킬게.

유진에게 문자를 보내고 처음 만났던 장소로 달려갔다. 유진이 미나를 계속 기다리고 있었다는 듯이 그 공원에 서서 손을 흔들었다. 다른 손에는 마카롱 상자가 들려 있었다.

미나의 머릿속 투쟁은 이제부터 시작이었다.

그림자놀이

자가 격리 첫째 날이다. 앗싸, 학교 안 간다! SNS에 확진 판정을 받아서 자가 격리를 하게 됐다고 올렸다. 친구들이 바로 반응을 보였다.

내 소식이 빠르게 퍼지는 걸 보니 가슴이 짜릿해졌다. 화제의 중심이 된다는 사실이 기분을 들뜨게 했다. 이제 집에만 있을 생각에 신이 났다. 보고 싶은 웹툰이 엄청나게 밀려 있었다. 밤새도록 봐도 뭐라고 할 사람은 없었다. 내 방은 아무도 들어오지 못하는 결계가 쳐진 방이 될 것이다.

딱 하나, 화장실이 문제였다. 내가 혼자 화장실을 쓰겠다고 했더니, 언니가 '이거, 미친 거 아냐?' 하는 눈빛을 가진 이모티콘을 보냈다. 우리는 평소에도 거의 말없이 이모티콘만 주고받았다. 괜찮다거나 안 된다는 말은 이모티콘만으로도 충분히 가능하니까.

◆◇◆

둘째 날, 우리에게는 나름의 화장실 공동 사용 규칙이 자리 잡았다. 화장실에 가고 싶을 때는 먼저 언니에게 쓰고 있느냐고 확인 톡을 보냈다. 문장 부호 중 물음표와 느낌표, 이응 자만 있으면 충분했다. 언니가 없는 걸 확인하면 화장실을 잽싸게 다녀와야 했다.

변기 레버를 내리는데 주머니에 넣어 둔 휴대폰 진동이 울렸다. 손을 씻고, 소독제를 뿌리고, 방으로 들어와 문을 닫는 사이에도 계속.

다 썼어?

소독제 뿌렸어?

창문 열고 환기했어?

비닐장갑 낀 거 맞지?

숨 막힌다, 진짜.

너도 한번 당해 보라는 의미였지만 더는 아무 대꾸도 없었다. 괜히 힘이 빠졌다. 답문을 재촉하고 싶었지만 꼭 지는 것 같아 속으로만 툴툴거리고 말았다. 언니가 이렇게까지 확인하고 드는 게 너무나 서운했다. 내가 꼭 바이러스 덩어리가 된 것 같았다.

결국 참지 못하고 '홍!' 팔짱을 낀 채 콧방귀를 뀌는 이모티콘을 보냈다. 언니의 구박에 굴하지 않겠다는 나름의 표현이었다.

◆◇◆

오늘이 며칠이지? 격리가 끝나는 날이 언제인지 모르겠다. 뭐, 내가 알 바 아니다. 아니, 안 끝날수록 더 좋았다. 아직까지 내 몸에는 아무 증상도 나타나지 않았다. 몸이 많이 아픈 사람도 있다던데, 나는 아무렇지 않아서 오히려 이상했다. 내 몸이 지나치게 튼튼한 걸까? 아님, 바이러스가 약한 걸까? 계속 학교에 가지 않으면 좋겠다. 그냥 이대로 계속 살 수는 없는 걸까?

새벽까지 웹툰을 정주행하다가 잠시 기분 전환을 하고 싶어졌다. 마침 목이 마르기도 했다. 방에서 나가기 전에 비닐장갑을 끼고 마스크를 썼다. 언니가 맨손으로는 집 안의 물건을 만지지 말라고 신신당부한 것이다.

주방에 가서 물을 마셨다. 집 안은 텅 빈 듯 잠잠했다. 세상에 나 혼자 남은 기분이 들어 쓸쓸해졌다. 창밖으로 보이는 맞은편 아파트에서 한 점의 불빛이 외롭게 흔들렸다. 처량한 기분으로 방에 돌아갔다.

◆◇◆

담임 선생님이 전화를 걸어서 자가 격리를 잘하고 있는지 물었다. 통화를 하다가 오늘이 격리 사흘째라는 걸 알게 되었다. 선생님은 내 몸과 마음 상태가 어떤지 궁금해했다.

몸 상태야 평소보다 더 좋았다. 잠도 안 자고 휴대폰만 들여다보느라 충혈된 눈알이 빠질 것 같았지만 아프지는 않았다. 단지 웹툰 스토리가 머릿속을 꽉 채울 뿐이었다. 아직도 봐야 할 게 산더미였다. 뒤가 궁금해서 선생님과 통화하고 있는 시간도 아깝게 느껴졌다.

◆◇◆

날짜 감각이 사라져 버렸다. 오늘이 어제 같고, 내일이 오늘 같은 하루하루다. 다른 게 있다면 오늘은 밖에서 자꾸 무슨 소리가 들렸다.

툭! 탁! 스르르!

뭐지? 숨을 멈추고 귀를 기울였다. 그러면 바깥은 언제 그랬냐는 듯이 조용해졌다. 내 귀가 이상해진 건지도 몰랐다. 밖에서 소리가 들릴 리 없는데. 우리 가족은 거실에 잘 모이지 않고 각자의 방에서 생활했다.

다시 웹툰에 집중했다. 주인공들의 오해가 풀리는 중요한 순간이었다. 그런데 다시 툭! 탁! 조금 후에 턱! 쿵! 스르르! 소리가 또 울렸다. 진짜 뭐지? 창밖을 보니 깜깜한 밤이었다. 시간은 새벽 두 시. 결국 밖으로 나가 보기로 했다.

아주 고요한 밤이었다. 커다란 창문을 통해 달빛이 거실로 비쳐 들었다. 25층 아파트의 최고층이라 보름달이 더 가까운

지도 모르겠다. 밤하늘을 올려다보며 별자리를 그렸다. 오늘따라 달빛이 밝아서 그런지 별이 몇 개밖에 보이지 않았다.

그때 어떤 기척이 느껴졌다. 숨을 죽인 채 뒤꿈치를 들고 재빨리 움직였다. 인기척이 들리는 쪽의 벽에 딱 달라붙어서 귀를 쫑긋거렸다. 누군가의 발소리가 어디로 향하는지 온 신경을 모았다. 안방에 딸린 화장실로 향하는 것 같았다. 벽에 막혀서 잘 들리지 않았다.

소리가 들릴 만한 곳까지 가까이 다가갔다. 화장실 문이 닫히며 불빛이 사라졌다. 다시 복도에 어둠이 내려앉았다. 보지 않아도 누군지 알 것 같았다. 아마 평소엔 있는지도 모르는 아빠일 것이다. 회사에 다니느라 바쁜 아빠와는 거의 만날 시간이 없었다.

아빠는 새벽 두 시 정도면 잠에서 한 번씩 깼다. 왜 이 시간마다 일어나 화장실에 가는지 연구 대상감이다. 언젠가 식탁에서 새벽에 잠이 안 온다고 했던 것 같다. 거기에 대고 누가 뭐라고 대꾸를 했는지는 기억나지 않았다.

변기 물이 내려가는 소리와 함께 화장실 문이 열렸다. 아빠가 주방으로 왔다. 나는 커튼 뒤로 급하게 몸을 숨겼다. 커튼은 연극 무대에서 쓰이는 장막처럼 두꺼운 재질이었다. 영화를 좋아하는 엄마가 영화관처럼 분위기를 내고 싶다고 해서 고른 커튼이었다.

아빠는 냉장고에서 물을 꺼내 마셨다. 벌컥벌컥 마시는 소리가 거실을 울렸다. 그러고는 거실로 와서 소파에 털썩 앉아 리모컨으로 텔레비전을 틀었다.

⋯⋯비대면이 가속화되어 키오스크 사용이 많아지고 있습니다. 셀프로 주문하는 키오스크는 빠르고 편리하다는 장점이 있지만 그만큼 디지털 정보 격차가 커진다는 우려도 나오고 있습니다⋯⋯.

드드르렁드드르렁, 아빠가 코를 골았다. 바로 잠들 거면서 왜 텔레비전을 켜는 걸까. 텔레비전을 끌까, 방으로 돌아갈까 고민하다 커튼을 조금 들추고 거실을 살폈다. 아빠 얼굴이 달빛에 반짝거리며 빛났다. 이마와 눈가에 짙은 주름살이 잡혔다.

기억하고 있던 아빠의 모습이 아니었다. 정말 아빠가 맞는지 의심스러웠다. 얼굴 자체가 처음 보는 사람처럼 무척이나 낯설었다. 무슨 웹툰에서처럼 외계인이 아빠로 변신한 게 아닐까? 정말로 아빠인지 확인해 보고 싶었다.

아주 어렸을 때 남자면 아무나 아빠라고 불렀다. 엄마한테는 항상 같은 화장품 냄새와 부드럽고 따뜻한 품을 느꼈다. 그런데 아빠는 스치듯이 인사를 하고 사라진 형체만이 어렴풋하게 남았다.

"갔다 올게."라고 인사하지만, 사실은 우리 집에 가끔 오는 사람인 것 같았다. 아무리 양보해도 집에서 함께 사는 동거인 정도? 그래서 아빠만 보면 낯을 가렸다. 아빠의 품에 안긴 기억이 잘 떠오르지 않았다. 그건 지금도 마찬가지였다. "아빠"라고 불러 본 기억도 까마득했다.

나는 커튼 밖으로 손가락을 들어 올렸다. 손그림자가 아빠 얼굴에 닿았다. 그림자로 아빠의 코를 꽉 잡았다. 드르렁 푸시시, 아빠의 코 고는 소리가 잠깐 멈췄다. 엄지로 중지의 끝부분을 튕겨 이마에 딱밤을 때리는 시늉을 했다. 웃음이 터져 나오려고 해서 손바닥으로 입을 막았다. 속으로 킥킥 웃어 댔다. 아빠가 뭔가를 느꼈는지 몸을 뒤척였다. 잠에서 깨어나는 건가 싶어서 손을 내리고 몸을 움츠렸다.

잠시 후, 소파에서 끄응 하고 앓는 소리가 났다. 곧이어 아빠의 발소리가 점점 멀어졌다. 아빠 그림자가 기다랗게 거실에 가로누웠다. 나는 그림자 어깨에 손가락을 올려 툭툭 두

드렸다. 달빛이 그림자를 감싸는지 어둠이 조금씩 옅어졌다.

◆◇◆

어제는 아빠 때문에 아까운 시간을 버렸다. 안 그랬으면 웹툰을 끝까지 볼 수 있었는데. 그래도 아빠 얼굴을 그렇게 가까이에서 본 건 아주 오랜만이었다. 아빠의 담배 냄새도 싫고, 술에 취해서 하는 잔소리도 싫어서 노골적으로 피해 다녔다. 용돈이 필요할 때만 전화하는 정도였다.

그런데 아빠가 소파에서 몸을 힘들게 일으키던 소리가 자꾸 귀를 울렸다. 자가 격리가 끝나면 아빠한테 외식이라도 하자고 조를까 싶었다. 함께 식탁에 앉는다면 할 말이 생길 것 같았다.

다시 웹툰을 켰다. 그런데 갑자기 툭! 탁! 스르르! 소리가 또 났다. 휴대폰을 봤더니 어제보다 늦은 네 시였다. 턱! 쿵! 소리가 뒤를 이어 났다. 아무 일도 아닐 거라는 생각이 들었다. 그래도 내 눈으로 확인을 해야 찝찝한 기분에서 벗어날 수 있을 것 같았다. 귀찮았지만 화장실에 갈 겸 거실로 나가 보기로 했다.

거실에는 텔레비전이 켜져 있었다. 볼륨은 낮춰져 있었다. 거실과 주방 여기저기를 살펴봤지만, 아무도 없었다. 누가 텔레비전을 켜 놓은 건지 알 수 없었다. 일단은 리모컨으로 텔레비전을 꺼 버렸다. 갑자기 거실에 적막감이 돌았다. 밝은 달빛과 함께 바람이 불어왔다.

방문을 딸깍 여는 소리가 들렸다. 황급히 몸을 숙여 거실 탁자 아래로 기어 들어갔다. 다행히 내 몸이 들어갈 공간이 있었다. 누군가가 맨발로 거실 바닥을 탁탁 걸었다. 아마 언니일 것이다. 슬리퍼를 신고 다니라는 엄마의 잔소리에도 굴하지 않는 사람은 언니밖에 없으니까.

언니는 주방 서랍장을 열고 과자 하나를 터서 먹었다. 그러고는 컵라면을 꺼내 뜨거운 물을 부었다. 불도 켜지 않고 달빛에만 의지해 잘도 움직였다.

언니가 갑자기 거실을 가로질러 베란다 쪽으로 성큼성큼 걸어왔다. 나는 무릎을 구부리고 몸을 잔뜩 웅크렸다. 숨소리를 죽였다. 내가 밖에 나와 있는 걸 알면 크게 화를 낼 것이다. 저래 봬도 벌레 한 마리도 못 죽일 것처럼 순수한 얼굴로 총 쏘는 게임을 아주 열심히 하는 인간이다. 방 밖까지 욕설이

들리는 걸 보면 게임을 하는 중에는 더 몰입하는 것 같았다.

열어 놓은 창으로 서늘한 가을 바람이 불어왔다. 언니의 머리카락이 바람에 흩날렸다. 베란다 창에 몸을 기댄 언니는 오랜 시간 바깥 풍경을 바라보았다. 달빛을 받은 언니의 뒷모습이 무척이나 쓸쓸해 보였다. 엄마가 보았다면 어깨 좀 펴고 다니라고 등을 툭툭 쳤을 것이다. 하지만 엄마가 무슨 짓을 해도 언니는 바뀌지 않았다.

언니는 올해 대학교를 졸업했다. 학사모를 쓰고 찍은 사진이 언니의 SNS 프로필에 올라왔다가 금방 사라졌다. 프로필에는 언니 혼자 떠난 여행지의 바다 사진이 오랫동안 걸려 있었다. 하지만 그 후로 밖에 나가는 걸 본 적이 없다.

엄마는 주위에서 들은 이런저런 얘기를 전했다. 어디의 인턴으로 들어가는 수가 있다더라, 누구는 창업 기술을 배우러 다닌다더라, 코딩 학원에서 취준생 반 인기가 좋다더라……. 하지만 언니는 들은 척도 하지 않았고, 엄마도 더 이상 강하게 나가지 못했다.

엄마는 언니가 여행을 갔을 때 베란다에 놓인 의자에 앉아 나를 앞에 앉히고 한탄을 쏟아 냈다. 한숨 한 번 내뱉고 커피 한 모금을 마시면서. 언니가 문제가 아니라 때를 잘못 만났을 뿐이라고. 언니는 직접 봐야 그 진가를 아는데, 비대면 면접인 게 문제였을 뿐이라고.

언니는 컴퓨터 화면으로 사람과 마주 보고 얘기하는 걸 어색해했다. 긴장한 자기 얼굴이 고스란히 비춰 보이는 게 그렇게 뜨악한 일이 될 줄이야. 언니는 그러다가 면접관의 질문을 놓쳐 버렸다. 다시 질문을 들었지만 머릿속은 이미 패닉에 빠진 상태였다. 말만 버벅대다 면접이 끝나고 말았다.

구름 사이로 달빛이 비치자, 언니의 그림자가 거실 바닥에 길게 늘어졌다. 손가락을 들어 언니의 그림자 이곳저곳을 긁었다. 간지럼을 태우는 것처럼 언니의 반응을 살피면서. 언니는 그렇게 베란다에 한참을 서 있다가 컵라면을 들고 방으로 들어갔다. 면발이 퉁퉁 불어 터져 있을 것 같았다.

언니의 방문이 닫히자 비좁은 탁자 밑에서 기어 나왔다. 온몸이 뻐근해서 어깨와 허리를 돌리며 스트레칭을 했다. 그런데도 등이 아파서 소파에 반듯이 누웠다. 새하얀 천장이 눈에 들어왔다.

어렸을 때 소파 등받이에 올라 장난을 치다가 천장에 머리를 부딪힌 기억이 떠올랐다. 언니와 누가 더 높이 뛰는지 내기를 했다. 그래서인지 소파가 푹 꺼져서 두 번 정도 바꿔야 했다. 엄마는 그런 우리를 혼내기는커녕 머리를 매만지며 다치지만 말라고 했다. 지금이라면 그냥 서서 손을 뻗기만 해도 천장에 닿을 텐데.

아까보다 거실이 환해졌다. 보름달이 서쪽으로 기울었다. 동쪽에서부터 어둠이 조금씩 옅어지면서 날이 밝아 오고 있었다.

◆◇◆

방에 들어와서 하루 종일 자 버렸다. 몸이 물에 젖은 스펀지처럼 축 처졌다. 눈꺼풀이 너무나 무거워 눈을 뜰 수 없었다. 오늘따라 왜 이리 몸이 피곤한지 모르겠다. 이제 와서 몸속 바이러스가 날뛰는 건가. 갑자기 발열과 오한으로 죽을 듯이 아팠다든지, 숨쉬기가 벅차고 목이 타는 듯 갈증을 느꼈다든지, 하는 확진자들의 후기가 떠올랐다. 잠결에도 바이러스 괴물에 쫓기는 악몽을 꾸었다. 그렇게 몇 시간이고 어둠 속에서 헤맸다. 내가 걱정도 되지 않는지 찾아오지도 않는 식구들에게 서운한 감정이 들었다. 아프면 마음이 약해진다는 게 사실이다.

◆◇◆

하루 꼬박 자고 일어났더니 몸 상태가 날아갈 듯 좋아졌다. 밖에 나가 바람이라도 쐬고 싶었지만 참아야 했다. 처음에는 집에 있는 게 마냥 좋았는데, 그것도 계속되니 좀이 쑤셨다.

그제는 언니한테 아까운 시간을 써 버렸다. 그래도 언니의 뒷모습을 제대로 바라본 건 처음이었다. 요새는 아웅다웅할 일도 별로 없다. 내가 언니의 옷을 입고 나갔다 들키거나, 숨겨 놓은 과자를 언니가 먹어 치운 경우 외에는.

솔직히 우리가 싸우면 그 사이에 낀 엄마만 새우 등 터지니까, 서로 접촉을 줄이는 게 가정의 평화를 위해 좋아 보였다. 그래서 그냥 없는 셈치며 살자고 생각하기도 했다. 언니가 내 얼굴 가지고 못생겼다고 놀리거나, 공부 못한다고 멍청이라고 할 때면.

뜬금없이 언니의 짜증 나는 목소리가 생각나 울컥 화가 났다. 잊어버리려고 어제 보던 웹툰을 열었다. 언니의 창백한 얼굴이 자꾸 떠올랐지만 머릿속에서 지웠다. 그건 모두 유난히 밝았던 달빛 때문이다.

……아, 진짜!

결국 자리에서 일어나 버렸다. 또 그 소리가 들렸다. 툭! 탁! 턱! 쿵! 스르르! 이건 대체 무슨 소리야?

거실은 모든 소리가 어둠에 잠긴 듯 고요했다. 새벽마다 집 안을 돌아다녔더니 어둠이 아늑하게 느껴졌다. 나는 뒤꿈치를 들고 방들을 기웃거렸다. 큰방 문에 귀를 갖다 댔다. 코를 드르렁 고는 소리가 들렸다. 그래, 아빠는 일어났다가 다시 잠이 들었을 시각이다.

작은방 앞으로 건너갔다. 전자음 소리와 함께 언니의 씩씩거리는 숨소리가 들렸다. 또 게임에 푹 빠져 있나? 언니를 게임의 방에서 꺼내 주고 싶었다.

나는 엄지와 검지를 딱 부딪쳤다. 아이유! 며칠 전에 아이유 콘서트 티저를 보았다. 그 콘서트에 함께 가자고 해 볼까? 3년 전에 언니와 함께 콘서트를 다녀온 뒤, 나도 언니를 따라 아이유의 팬이 되었다. 이런 밤에는 언니한테 〈무릎〉이라는 노래를 들려주고 싶다.

모두 잠드는 밤에 혼자 우두커니 앉아

다 지나 버린 오늘을 보내지 못하고서 깨어 있어

누굴 기다리나 아직 할 일이 남아 있었던가

그것도 아니면 돌아가고 싶은

그리운 자리를 떠올리나

무릎을 베고 누우면

나 아주 어릴 적 그랬던 것처럼 머리칼을 넘겨 줘요

그 좋은 손길에 까무룩 잠이 들어도

잠시만 그대로 두어요

깨우지 말아요

아주 깊은 잠을 잘 거예요…… [중략]……

스르르르륵 스르르 깊은 잠을 잘 거예요

스르르르륵 스르르 깊은 잠을……

이제 방으로 가려는데, 띠띠띡거리는 소리와 함께 현관문이 열렸다. 심장이 쿵 떨어졌다고 느낄 정도로 깜짝 놀랐다. 얼른 거실의 커튼 뒤로 숨었다. 며칠 동안 이게 뭐 하는 건가 싶었다.

트레이닝복 차림의 엄마가 헉헉 거친 숨을 몰아쉬었다. 엄마는 작년부터 새벽이 되면 가끔 밖으로 나갔다. 언젠가 월패드에 있는 CCTV 카메라로 봤더니, 엄마가 아파트 놀이터를 크게 돌고 있었다.

엄마는 팔을 앞뒤로 세게 휘저으면서 힘차게 걸었다. 마치 군대의 행진을 보는 것 같았다. 여리여리해 보이는 평소의 엄마가 아니었다. 처음에는 바람을 쐬듯이 천천히 걷더니 날이 갈수록 걷는 속도가 빨라졌다. 지금도 경보를 하는 수준인데, 앞으로 얼마나 더 빨라질지 알 수 없었다.

엄마는 손부채질하다가 얼음물을 가져다 벌컥벌컥 마셨다. 그러다 얼음을 입안에 물고 와그작와그작 씹었다. 엄마는 평소에도 속이 화끈거린다며 얼음을 먹을 때가 있었다. 옆에서 아빠는 치아가 튼튼하다며 혀를 내두르다가, 그러다 치과에 다니게 되면 큰일이라고 걱정을 했다. 오늘따라 와그작거리는 소리가 유독 크게 들렸다.

한참을 커튼 뒤에 어정쩡하게 서 있었더니 다리가 불편했다. 엄마가 얼음을 씹는 소리에 맞춰 조심스럽게 쭈그리고 앉았다. 키가 소파만큼 낮아져서 숨기 좋았다. 커튼 밖으로 얼굴을 빼꼼 내밀었다. 엄마가 바람을 쐬려고 베란다 쪽 소파에 앉았다. 소파 밑으로 엄마의 그림자가 길게 생겼다. 손가락을 들어 엄마 그림자의 머리 쪽을 톡톡 두드렸다. 엄마는 가끔 멍한 표정으로 넋을 빼고 있었다. 꼭 지금처럼. 그럴 때면 엄마의 어깨를 잡고 정신 차리라고 흔들고 싶었다.

엄마는 끄응, 한 번 앓는 소리를 내며 자리에서 일어났다. 주방으로 가더니 냉장고에서 소주를 꺼냈다. 한 잔을 단숨에 삼켰다. 안주라고는 없었다. 엄마는 그렇게 소주를 연거푸 석 잔을 따라 마시더니 입가를 손목으로 훔쳤다. 다시 냉장고에 소주를 넣더니 소파로 돌아와 앉았다. 그러고는 소파에 기대 한숨을 깊게 내쉬었다. 술 냄새가 거실에 퍼졌다.

엄마는 누가 술을 권해도 속에서 잘 받지 않는다며 거절하는 편이었다. 그런데 이 새벽에 혼자 나와 소주를 마실 줄은 몰랐다. 나는 뭔가 보지 말아야 할 것을 본 것 같은 기분이 들었다. 엄마 얼굴을 찬찬히 살폈다. 엄마는 눈을 감고 한숨을 연거푸 내쉬었다.

"엄마……."

내가 부른 줄 알았다. 엄마를 부르고 싶은 마음이 나도 모르게 입 밖으로 소리가 되어 나온 거라고. 그런데 아니었다.

"엄마……. 흑."

엄마가 아랫입술을 꽉 깨물었다.

작년에 할머니가 돌아가셨다. 요양 병원에 있다가 집단 감염에 휩쓸렸다. 소식을 들었지만 우리는 짧은 면회도 하지 못했다. 그러고 할머니는 한 달 만에 세상을 떠났다. 장례식도 못 치르고 바로 화장을 했다. 엄마는 마지막 얼굴도 아주 잠깐밖에 보지 못했다고 아직도 힘들어했다.

하지만 내게는 현실감이 없는 먼 나라 이야기처럼 느껴졌다. 바로 내 눈으로 보지 않았으니 아직도 할머니가 돌아가셨다는 게 실감이 나지 않았다. 하지만 엄마에게는 그게 아니었던 모양이다.

따리리리리.

그때 방 안에서 벨 소리가 울렸다. 벌써 여섯 시가 되었다는 알람이었다.

엄마는 손바닥으로 얼굴을 문지르고는 서둘러 방 안으로 들어갔다. 뒤따라가는 엄마의 그림자를 잡아 어깨와 등을 토닥였다. 그림자가 기분 좋은 듯 좌우로 흔들렸다.

동쪽 하늘이 밝아지며 바닥에 길게 늘어진 그림자가 사라지고 있었다. 보름달이 빛을 잃어 창백해졌다.

◆◇◆

드디어 방에서 나와 밖으로 나갈 수 있게 되었다. 한 줄만
나온 자가 진단 키트를 들고서.

격리가 끝났다. 이상했다. 나의 행복한 격리 기간이 끝나면
슬플 것 같았는데 시원섭섭했다. 커튼을 열어젖히니 창밖으
로 낙엽이 바람에 흩날렸다. 그제야 계절이 지나가고 있다는
게 느껴졌다. 나 없이는 세상도 멈출 줄 알았더니 시간은 계
속 흐르고 있었던 모양이다.

언제였을까? 따뜻한 거실에 다 같이 둘러앉아 뜨거운 고구
마를 호호 불면서 먹던 게. 그날 거실은 무척이나 따스해 내
볼은 발그레 달아올랐다. 그날처럼 가족들과 거실에서 맛있
는 걸 먹고 싶어졌다.

나는 방문을 열며 큰 소리로 식구들을 불렀다. 입에서 군
침이 돌았다. 바람에 흔들리는 나무를 다시 바라보았다. 나무
가 어린애라도 된 듯 까르르 소리를 지르는 것처럼 보였다.
전에는 있는지도 몰랐던 풍경이 오늘따라 눈에 들어왔다.

마기꾼

현관문에 걸어 둔 마스크를 쓴다. 마스크는 밖에 나가기 위한 무적의 아이템이다.

신발장 앞에는 마스크 상자가 가득 쌓여 있다. 색깔도 재질도 다양하다. 엄마는 마트에 갈 때마다 신상 마스크를 한 상자씩 사 모았다. 나는 그날그날 기분에 따라 마스크를 고른다. 오늘은 날씨가 좋으니 검정 마스크. 사실 고를 것도 없다. 학원에 갈 때는 대부분 검정 마스크를 쓰니까. 기분 탓인지 모르겠지만 내 얼굴이 더 느낌 있어 보였다.

텔레비전에서 드디어 팬데믹이 끝나고 일상의 회복이 다가오고 있다는 뉴스가 들렸다. 엘리베이터를 기다리는 동안 방금 들은 뉴스 내용을 떠올렸다. 정말 그럴까? 나는 마음속으로 간절히 소원을 빌었다. 전염병의 시대가 끝나지 않기를.

아파트 바깥으로 나오자 해가 부쩍 길어졌다는 게 실감이 났다. 아직 해가 다 저물지 않았다. 길을 걸으니 쌀쌀한 봄바람에 볼이 따가웠다. 내일은 날씨가 풀린다는데, 정말로 따뜻해질지는 알 수 없었다. 입에서 나오는 훈김에 안경이 뿌예져서 앞이 잘 보이지 않았다.

마스크 위쪽을 한껏 잡아 올려 써 보지만 아무 소용이 없었다. 어쩔 수 없이 마스크를 코 아래로 잠시 내렸다. 눈앞이 조금씩 밝아지지만, 아직도 안경알이 뿌옜다. 김이 완전히 걷힐 때까지 멍하니 걸었다. 앞에 뭐가 있는지 모를 정도로, 주변에 누가 지나가는지 보지도 않고, 그저 머릿속에 떠도는 생각을 내뱉었다.

"오늘은 뭐 때문에 살까?"

아주 작은 소리라 마스크 밖으로 나오지는 못했다.

나는 언제나 이 말을 반복하며 학원에 갔다. 살아가는 이유가 꼭 필요한 건 아니지만, 매일 그 이유를 하나씩 찾아내곤 했다. 이유라고 해 봤자 항상 보잘것없을 만큼 사소했다. 길을 걷다 본 꽃이 예쁘니까, 소나기가 시원하게 내리니까,

바람에 나뭇잎이 우수수 떨어지니까, 눈이 너무 많이 쌓여 있으니까, 집에서 혼자 있을 수 있으니까, 햇볕을 쬐며 낮잠을 자는 고양이를 볼 수 있으니까, 학교에 가지 않아 좋으니까 등등.

그러면서 죽어야 할 이유도 함께 떠올렸다. 봄꽃이 우수수 땅에 떨어져서, 꽃샘추위가 싫어서, 누군가가 버린 마스크가 발에 채서, 집에서 대화할 사람이 아무도 없어서, 아무 짓도 안 했는데 고양이가 도망쳐 버려서, 학교 건물은 입김에 사라지지 않아서 등등.

어딘가 하찮다는 면에서 사는 이유와 엇비슷했다. 그래서 고개를 주억거리며 그렇지, 그렇지, 속엣말로 중얼거렸다.

학원에 갈 때마다 하는 나만의 놀이다. 집으로 되돌아가지 않으려고. 밖에 나오기만 하면 집에 돌아가고 싶어졌다. 오늘따라 더 그랬다.

엄마는 방학 동안 집에만 있는 걸 못 봐주겠다며 학원에 등록을 했다. 아무리 집 앞에 있는 학원이라고 해도, 그냥 집 밖에 나갔다 들어오는 자체가 귀찮아 죽겠는데. 출근을 하건 외출을 하건, 엄마가 집으로 전화를 걸어 뭐 하냐고 물어보는 건 더 짜증이 났다. 엄마의 전화 지옥에서 벗어나기 위해서는 학원에 가는 수밖에 없었다.

엄마는 아직도 내 눈치를 봤다. 중학교 때 친구들과의 학교생활이 순탄치 않았다. 나는 SNS도 하지 않고 패션이나 아이돌에도 딱히 관심이 없다 보니 하고 싶은 말이 별로 없었다. 단지 그뿐인데, 애들은 자기들을 무시한다며 무리에서 나를 따돌렸다. 그들이 대놓고 나더러 싫다고 말하기 전까지는 그런 상황인 줄도 모르고 지냈다. 처음에는 이런 사소한 핑계를 댔지만 나중에는 내 존재 자체를 싫어하는 것 같았다.

그즈음 자주 아팠다. 엄마가 꾀병이라고 할 때는 휴대폰을 소파에 던져 버리기도 했다. 나를 의심하는 엄마가 미웠다. 결국 엄마가 담임 선생님과 상담을 하고 난 후에야 모녀간의 싸움이 끝났다. 나는 승리자가 된 듯 쾌재를 불렀지만 기분은 좋지 않았다. 선생님들은 모두 알고 있었다. 2년간이나 벌어진 따돌림에 대해. 그러나 지켜보기만 했다.

졸업만을 기다려 고등학교에 입학했다. 하지만 그들이 같은 학교로 배정되었다는 걸 얼굴을 마주칠 때까지도 몰랐다. 고등학교 입학식에서 그들을 보게 된 나는 마스크를 눈 밑까지 끌어올렸다. 그나마 다른 반이 되었다는 사실에 안도의 한숨을 내쉴 뿐이었다.

> 밑에서 떡볶이 좀 사 올래?

학원 선생님 문자다. 선생님은 엄마와 친구여서 내가 어릴 때부터 자주 만나 왔다. 그래서인지 이런 심부름을 시킬 때가 많았다. 별로 가고 싶지 않지만, 알겠다는 답장을 보냈다. 갈 수 없는 이유를 구구절절 나열하는 것보다는 이게 나았다.

학원이 있는 상가 건물 1층에 떡볶이 가게가 있었다. 가게 문을 열고 들어가려다 멈칫했다. 진아가 주방 쪽에 있는 식 탁에서 떡볶이를 먹고 있었다. 진아······. 나도 모르게 마른 침을 꿀꺽 삼켰다.

"해연이 왔구나. 뭐 줄까?"

진아 엄마가 웃으면서 다가왔다. 나는 우물쭈물하다가 간 장 떡볶이와 치즈 떡볶이를 포장해 달라고 했다.

"진아랑 잠깐만 얘기하고 있어. 금방 해 줄게."

나는 가게 안에서 어색하게 서성거렸다. 진아 엄마는 우리 관계가 어떻게 바뀌었는지 모른다.

"뭐 하니? 다리 아프게. 앉아 있어."

진아 엄마가 다른 주문을 받으러 가는 중에 나를 이끌어 진아 앞에 앉혔다.

나는 벽에 붙은 메뉴판을 보면서 진아를 흘끔거렸다. 진아도 고개를 들지 않고 떡을 푹 찍어 먹었다. 고개를 숙이고 있는 진아의 입가에 난 뾰루지들이 보였다. 나를 보며 인상을 찌푸리던 진아의 얼굴이 떠올랐다.

—어휴, 좀 씻어. 더럽게…….

진아는 이렇게 말하며 내 앞에서 등을 돌렸다. 다른 애들의 무리 속에 들어간 진아는 맨 앞에서 내게 손가락질을 했다. 진아의 사나워진 얼굴은 전투적이고 강렬했다. 꿈속에서까지 나를 쫓아올 정도였다.

중학교 2학년 때부터 얼굴에 여드름이 났다. 유독 입 주변에만 더 심하게. 한두 개면 모르겠지만, 너무 많아서 여드름 패치로는 손을 쓸 수가 없었다. 피부과에서 받은 약을 열심히 발랐다. 얼굴에 난 게 없어지면 다른 애들의 불쾌한 시선도 사라지고, 진아와의 관계도 회복될 줄 알았다. 하지만 여드름은 더 심해져 갔다. 이제 반 애들은 노골적으로 나를 피했다.

그런데 전염병이 돌았다. 죽음의 공포가 드리운 세상에서 방역 조치의 하나로 학교에 가지 않게 된 건 내게 어마어마한 축복이었다. 온라인 수업에서 애들을 마주치기는 했지만, 그 정도는 할 만했다. 매일 푹 잤더니, 어느 순간 커다란 여드름들이 작아지는 게 눈에 보였다. 신이 나서 더 열심히 약을 발랐다. 드디어 피부가 좋아지기 시작했다. 조금씩이지만 내게는 큰 차이였다.

"여깄다. 맛있게 먹어."

진아 엄마가 포장 봉투를 내밀었다. 나는 인사를 하는 둥 마는 둥 하며 급히 가게 문손잡이를 밀었다. 숨 막히는 정적에서 조금이라도 빨리 벗어나고 싶었다. 바로 그때, 뒤에서 들리는 말소리에 발걸음이 멈칫했다.

"진아야, 아파트에 배달 좀 하고 와."

"왜 또 나야? 싫어. 엄마가 해!"

"지금 주문 밀린 거 안 보여? 여긴 네 친구 집이라 금방 갔다 올 수 있잖아."

"아이 씨, 마스크 써서 뭐 난 거 안 보여? 친구 집은 더 싫다고."

"그러니까 현관문 앞에 냉큼 두고 와. 시간 없어. 빨리!"

나는 문을 닫고 가게를 빠져나왔다. 투명한 유리창을 통해 가게 안을 들여다보았다. 진아가 짜증을 내며 배달 봉투를 받아 들었다. 마스크를 쓰는 진아와 눈이 마주쳤다. 나는 서둘러 학원으로 올라갔다.

"왔어?"

수학 교실로 들어가자 맨 뒤에서 남자애가 손을 번쩍 들어 올렸다. 환한 웃음이 보기 좋은 현수였다. 입이 실룩거리며 나도 모르게 미소가 지어졌다. 다행히 마스크에 가려 보이지 않을 거다.

앞자리에 앉은 애들의 뜨거운 시선이 내게 꽂혔다. 어깨를 움츠리면서 현수 옆에 앉았다. 현수는 매번 먼저 와서 내 자리까지 맡아 주었다. 고맙지만 이런 상황이 익숙지 않아 얼굴이 빨개졌다.

쉬는 시간에 화장실에 갔다. 칸막이 밖에서 다른 애들의 수다가 들렸다. 수업이 재미없어 잠이 와 죽겠다거나, 개학하면 전면 등교가 시작될 거라는 두서없는 얘기들이었다.

"근데 현수가 마기꾼인 거 알아?"

"마기꾼이 뭐야?"

"마스크 사기꾼! 걔 쌍꺼풀져서 눈은 예쁘잖아."

"맞아. 걔, 마스크 벗으면 완전 웃기더라."

나는 물을 내리고 나서 문을 쾅 열어젖혔다. 생각보다 큰 소리에 세면대 쪽에 있던 애들의 시선이 내게 쏠렸다. 아무것도 못 본 척 손을 씻고 나왔다. 닫히는 문 사이로 현수가 왜 저런 애랑 사귀는지 모르겠다는 말이 들렸다. 나는 고개를 흔들어 듣기 싫은 말을 털어내 버렸다.

한 달 전, 현수는 학원을 마치고 집에 가려는 나를 붙잡았다. 편의점에서 음료수를 사 주겠다는 남자애에게 의심의 눈길을 보냈다. 뭐 때문에 그러는지 알 수 없어 꺼림칙했다. 내게 남자애는 날카로운 이빨을 숨긴 사나운 짐승 같았다. 초등학교 3학년 때 나를 가운데 두고 못난이라고 놀리던 남자애들의 손가락을 잊을 수 없었다. 그때 있었던 일을 누구에게도 말하지 못했다. 내가 그 정도로 못생겼느냐고 물어보는 것 자체가 확인 사살을 당하는 일이 될 것 같았다.

현수는 한참을 머뭇거린 후에 내게 사귀자고 했다. 믿을 수 없었다. 애들끼리 벌칙 게임이라도 하면서 나를 놀리는 거라고 생각했다. 왜, 언제나 시끌벅적해서 굳이 눈을 돌리지 않아도 보이는 무리가 있지 않나. 현수는 그 중심에서 유쾌하게 웃는 아이라 종종 눈길이 갔다. 그런 남자애가 내게 고백하는 게 이해가 되지 않았다.

나는 음료수를 마시지 않고 손으로 매만지기만 했다. 음료수를 마시려면 마스크를 벗어야 했다. 아니면 현수처럼 마스크를 턱까지 내리고 마시거나. 그 어느 것도 할 수 없어서 고개를 숙였다.

현수가 다시 물었다. 눈을 마주치지 못하고 겨우 고개만 끄덕였다. 현수가 의심스럽기는 했지만, 잠깐이라도 누군가와 사귀어 보고 싶었다. 그런 기억이라도 가지고 싶었다. 그게 현수라면 더 좋을 것 같았다. 금방 헤어지게 되더라도 말이다.

오늘이 바로 그날이 될 것이다. 현수에게 헤어지자고 말할 작정이다.

학원이 끝나면 현수와 함께 집으로 돌아갔다. 사귀고 나서 현수는 항상 나를 집까지 바래다주었다. 괜찮다고 하는데도 자기 집도 근처라면서. 집으로 가는 길에 현수는 어제오늘 있었던 일을 얘기했다. 현수의 얘기는 끝나지 않을 것 같은

옛날이야기처럼 계속 이어졌다. 나는 얘기를 가만히 듣는 게 좋았다. 이 시간이 계속됐으면 좋겠다. 현수 주변에는 어떻게 그런 많은 일이 일어나는지 신기하기만 했다. 그걸 재미나게 얘기하는 현수가 대단하게 느껴졌다. 고개를 끄덕이며 미소 짓지만, 현수는 그 미소를 보지 못했다.

걸음을 늦추며 집 근처 공원을 가리켰다. 별말을 하지 않아도 현수는 내 뒤를 따라왔다. 바람이 한차례 불 때마다 추워서 어깨가 움츠러들지만, 카페로 들어갈 생각은 없었다. 이야기를 빨리 끝내자고 마음먹었다. 벤치로 가서 앉기까지 '우리 헤어지자.'라는 말을 내뱉는 연습을 했다. 그 말은 마스크에 부딪혀 입안에서만 맴돌았다.

"우리 헤어질까?"

현수가 옆에 앉자마자 입을 열었다. 연습했던 말과 달라서 당황스러웠다. 이건 뭔가 싶다. 원래는 더 단호하게 말할 작정이었다. 일말의 가능성도 없게. 하지만 실제로 나온 말은 현수의 마음을 한번 떠보는 질문 같았다.

"갑자기 왜 그래? 내가 뭐 잘못했어?"

현수는 의아한 얼굴로 나를 바라보았다. 서로의 시선이 허공에서 마주쳤다.

"아냐. 나 때문에 그래. 내가……."

뒷말을 꿀꺽 삼켰다. 현수는 그 뒷말을 기다렸다.

"너는 나에 대해서 몰라. 내가 마스크 벗은 모습을 한 번도 본 적이 없잖아. 그런데도 좋다니. 네 말을 못 믿겠어."

지금까지 쌓인 감정이 북받쳤다. 한 달 동안 애들이 내 뒤에서 소곤거려도 애써 무시해 왔다. 보나 마나 오늘처럼 현수가 왜 저런 '찐따' 같은 애와 사귀는지 모르겠다는 얘기가 오갔을 것이다. 하지만 이제 한계에 다다랐다. 개학하기 전에 현수와의 관계를 정리해 버릴 거다. 더 이상 '누구의 여친'이라는 이유로 뒷말을 듣고 싶지 않았다.

"마스크 같은 건 지금 벗으면 되잖아."

현수는 그렇게 대수롭지 않은 일이라는 듯이 어깨를 으쓱거렸다. 하지만 나는 그럴 수 없었다. 마스크를 벗고 싶지 않았다. 절대로.

"싫다고 하잖아! 내가."

소리를 지르며 자리에서 벌떡 일어났다. 현수에게 보이기 싫었다. 마스크 벗은 얼굴을.

솔직히 나만 그럴까? 마스크는 이제 당연히 입어야 할 옷과 같은 게 되었다. 처음에는 누구나 투덜댔지만 막상 쓰고 나니 엄청 편하지 않던가. 여름에는 땀에 젖어 축축하고, 겨울에는 안경에 습기가 차서 앞이 잘 보이지 않고, 말을 할 때는 숨이 막히고, 마스크가 닿는 부분에 뾰루지가 났다.

하지만 그 모든 걸 감수할 이유도 분명히 있었다. 사람들과 애기할 때 불쾌한 입 냄새를 막아 주고, 옆 사람이 기침을 해도 신경이 덜 쓰였다. 무엇보다도 마스크를 쓰면 자신 없는 외모를 필사적으로 가리지 않아도 되었다. 나에게 마스크는 주변의 공격을 막아 주는 방패였다.

마스크를 쓰고 나서야 얼굴을 들어 세상을 바라보게 되었다. 집에만 있던 나는 마스크를 쓰고 근처 공원에 산책하러 다녔다. 주변 시선만 신경 쓰던 나는 그제야 시원한 바람이 부는 걸 느꼈다. 머리카락이 기분 좋게 흩날렸다. 여드름을 감추기 위해 했던 화장도 이제는 할 필요가 없었다. 마스크만 있다면 다 괜찮았다. 옷을 대충 입어도, 머리를 감지 않아도, 시선을 맞추지 않고, 튀는 행동을 하지 않는다면 상관없었다. 하지만 이런 마음으로는 현수와의 관계를 유지할 수 없겠다는 생각이 들었다.

"마스크 안 벗어도 돼."

현수가 내 손을 살며시 잡았다. 나의 체온보다 더 뜨거운 손으로. 계속 그 손을 잡고 싶다고 생각하지만 안 된다며 고개를 가로저었다. 나는 손을 빼냈다. 단호해져야 했다.

"곧 모두가 마스크를 벗게 된대. 그때 널 보고 싶지 않아."

"왜? 이유는 말해 줘야지."

현수의 말이 옳았다. 말하기는 싫지만 헤어지는데도 예의가 필요하니까. 나쁜 기억으로 남고 싶지는 않지만 미련을 버리자고 자신을 다독였다.

"나, 사실은 입 주변에 뭐가 많이 났거든. 나도 보기 싫을 정도야. 지금은 좀 나아지기는 했는데, 얼굴에 붉은 자국이 계속 남아 있어. 너한테 보여 주고 싶지 않아."

말하다 보니 코끝이 찡해졌다. 처음으로 사귄 남자 친구에게 이런 이유로 헤어지자고 말하는 상황이 슬펐다. 하지만 현수에게 민낯을 보이는 게 더 싫었다.

현수는 한참 동안 아무 말도 없다가 겨우 입을 열었다.

"애들이 나를 마기꾼이라 부르는 거 알아?"

나는 아까 화장실에서 들었던 얘기를 떠올리며 고개를 살짝 끄덕였다.

"나도 마스크 쓴 모습만 보고 고백하는 애들이 있었어. 내 자랑이 아니라, 마스크 벗었을 때 상대가 실망한 표정을 보면 나도 상처받거든."

"네가 왜 마기꾼이야?"

나는 고개를 갸웃거렸다. 현수가 마스크를 턱까지 내린 모습을 몇 번 봤지만 솔직히 왜 사기꾼이라고 하는지 이해할 수 없었다.

"정말 모르겠어? 옆에서 보면 더 확실하게 알 수 있을 거야. 나도 너한테는 정면으로만 있으려고 노력했어. 알아?"

현수는 마스크를 벗고 내게 자신의 옆얼굴을 가리켰다. 나는 여전히 알 수가 없었다.

"입이 삐쭉 튀어나왔잖아. 오리 같지?"

현수의 얼굴은 그저 평범하게 보였다. 오히려 아무것도 나지 않는 피부가 빛날 뿐이었다.

"3개월 전에 여기서 고양이 구해 준 거 기억나?"

현수가 갑자기 딴소리를 했다.

학교가 끝나고 학원에 가는 길이었다. 공원을 지나치는데, 아기 우는 소리가 들리는 것 같았다. 잘 보니 나무 위에 새끼 고양이 두 마리가 발톱을 세우고 가지를 꽉 움켜쥐고 있었다. 무서워서 내려 달라고 우는 듯했다. 주위를 두리번거렸지만 공원에는 아무도 없었다. 이런 일로 119에 전화하는 것도 고민이 되었다. 사소한 일로 신고하는 건수가 많을 때 정작 위급한 사람에게 출동하지 못한다는 이야기가 떠올랐다.

내가 직접 구해 주기로 했다. 디딤돌로 삼을 물체를 찾아봤지만 눈에 띄지 않았다. 가방에서 책을 꺼내 쌓고 발을 디뎠다. 하지만 아무리 손을 길게 뻗어 본들 가지에 닿지 않았다. 고양이들은 더 크게 울었다. 새끼 고양이들이 금방이라도 떨어질 것처럼 보여서 마음이 조급해졌다.

나무 기둥을 타고 올라가 보기로 했다. 바지를 입고 있어서 그나마 다행이었다. 책들을 밟고 올라 기둥 위쪽을 잡았다. 손에 힘을 꽉 주며 발을 떼서 기둥을 휘감았다. 전보다는 조금 더 높은 곳까지 팔이 뻗쳤다. 하지만 고양이들에게 닿기에는 여전히 모자랐다.

"야옹아, 이리 와. 걱정하지 말고."

고양이들을 향해 손가락을 까닥거렸다. 기둥을 붙잡은 왼팔이 부들부들 떨렸다. 얼마 버티지 못할 것 같았다. 입술을 앙다물고 손을 길게 뻗었다. 손가락에 고양이 털이 살짝 닿았다. 그 순간 고양이 한 마리가 아래로 훌쩍 뛰어내렸다. 놀라기도 전에 다른 한 마리가 내 쪽으로 뛰어들었다. 고양이를 잡으려다 나무를 붙잡은 손을 놓치고 말았다.

"어, 어, 어?"

그 모든 순간이 슬로 모션으로 천천히 흘러갔다. 한 손으로 나무를, 다른 한 손으로 고양이를 붙잡으려고 팔을 허우적거렸지만 머릿속 생각과는 다르게 팔은 뻣뻣한 만세 자세로 허공에 머물렀다. 하늘이 눈부시게 푸르다는 엉뚱한 생각이 스쳤다. 그 짧은 순간에도 하늘을 올려다본 적이 또 언제였을까, 하고 의문이 들었다.

답을 찾기도 전에 엉덩이에 강한 통증이 느껴졌다. 순간적으로 누가 엉덩이를 세게 걷어찬 느낌이었다. 눈물이 쏙 빠지게 아팠지만 다행스럽게도 고양이는 내 가슴팍에 매달려 있었다.

"괜찮아?"

엉덩이를 문지르며 일어나려고 하는데, 옆에서 누군가의 손이 쑥 들어왔다. 마치 자기 손을 잡고 일어나라는 듯이. 나는 깜짝 놀라 얼굴이 화끈 달아올랐다. 아무도 없다고 생각했는데, 누군가가 엉덩방아를 요란하게 찧는 내 모습을 고스란히 본 것이었다. 창피해서 당장 그 자리에서 사라지고만 싶었다.

"많이 다쳤어? 못 일어나겠으면 내 손……."

"앗!"

그때 고양이가 앞발로 내 마스크를 잡아채 땅에 떨어졌다. 고양이는 뒤도 돌아보지 않고 수풀 속으로 도망쳐 버렸다. 뛰는 모습을 보니 다행히 어디 다친 곳 없이 무사한 것 같았다. 나는 안도하면서 재빨리 마스크를 주워 다시 썼다. 흙먼지 때문인지 입 안이 텁텁했지만 마스크를 벗을 수는 없었다. 나는 흙 묻은 가방과 책들을 챙겨 서둘러 그 자리에서 도망쳐 버렸다.

뒤에서 "잠깐만!" 하고 부르는 소리가 들렸지만, 고양이처럼 뒤돌아보지 않고 달아났다.

학원 근처에 와서야 전력 질주를 멈췄다. 거친 숨이 목구멍까지 차올랐다. 심호흡을 하면서 팔목을 반대 손으로 잡아 주물렀다. 아무래도 엉덩방아를 찧으며 땅을 잘못 짚은 것 같았다. 바짓단이 찢어지고 팔목에도 여기저기 생채기가 생겼다. 바지에 묻은 흙을 털고 있자니 창피한 순간이 떠올랐지만 빨리 잊어버리려고 했다. 도망친 고양이의 부드러운 감촉을 생각하면서.

"그걸 어떻게……."

의아한 마음을 감출 수 없었다. 현수가 그때 일을 어떻게 아는 건지 궁금했다.

"그때 공원에서 너한테 손을 내민 사람이 나야. 그렇게 달아났는데 괜찮냐고 물을 수도 없어서 그냥 밴드만 준 거야."

"뭐? 그럼, 그 밴드가……."

그날 학원이 끝나기 전에 내 책상에는 밴드 한 통이 올려져 있었다. 누가 갖다 둔 건지 주변을 둘러봤지만 눈이 마주친 사람은 없었다.

"그때부터 널 눈으로 좇게 됐어. 자꾸 보니까 계속 궁금해지면서 좋아지더라."

믿기지 않았다. 한참 전부터 나를 좋아해 왔다는 그 감정이 도무지 손에 잡히지 않았다.

"앗! 그러면 그때 내 얼굴도 봤어?"

마스크가 있는 것도 잊어버리고 손바닥으로 입을 막았다.

현수는 어깨를 으쓱하며 별거 아니라는 표정을 지었다.

"이제 헤어질 이유는 없는 거지? 가자."

현수가 일어나 손을 내밀었다.

나는 현수의 얼굴을 마주 보았다. 조금 전에 마스크를 내린 얼굴을 떠올렸다. 똑똑히 보았는데도 잘 생각나지 않았다. 마스크를 쓴 모습이 더 익숙하게 느껴졌다.

이제 나는 사람의 인상을 구분할 때 얼굴 자체보다도 머리 스타일과 눈썹 등 다른 요소까지 눈여겨보게 되는 것 같다. 무엇보다 눈에 드러나는 표정을 더 집중해서 보곤 한다. 입이 보이지 않으니 눈만 보고 화가 났는지, 슬픈지, 즐거운지, 상대의 감정을 읽으려 하는 거다.

현수의 눈을 생각해 보았다. 현수는 웃으면 눈가에 주름이 더 많이 생겼다. 그게 매력이었다.

"마스크를 벗은 내 얼굴이 이상하면 나랑 안 만날 거야?"

현수가 물었다. 답은 생각할 필요도 없었다.

늦은 저녁을 먹으며 텔레비전을 켰다. 낮에 본 뉴스가 다시 흘러나왔다. 팬데믹이 엔데믹 상황으로 바뀌면 지독한 전염병도 일상적인 독감 수준으로 낮아질 거라고, 그러면 답답한 마스크를 벗고 전처럼 여행을 다닐 수 있게 될 거라는 희망적인 뉴스가 쏟아졌다.

여전히 마스크를 쓰고 있는 듯한 느낌에 볼을 쓰다듬었다. 나는 아직 마스크를 벗고 싶지 않았다. 하지만 가끔은 괜찮을지도 모르겠다. 현수를 만날 때만큼은.

　현수에게 톡을 보냈다. 사귄 후에 내가 먼저 연락하는 건 처음이었다. 내일 학원이 끝나고 떡볶이라도 먹지 않겠느냐고 물었다. 내 설레는 마음이 전해지길 바라며.

나는 열린 대문을 통해 옥탑방으로 올라갔다. 고만고만한 집들이 모여 있는 주변을 둘러보다가 옥상에 놓인 평상에 앉았다. 그때 휴대폰 진동이 울렸다. 엄마였다.

—잘 도착했어? 은미는?

"곧 온대."

—나 때문에 중간고사 기간에 공부도 못 하게 됐구나.

"어차피 안 하는데 뭘."

—일주일만 참아. 나도 어찌 될지 모르니까.

"알았어. 걱정 마."

아침에 출근했던 엄마가 점심때가 되기도 전에 집에 돌아가는 길이라며 톡을 남겼다. 동료가 확진 판정을 받았는데 밀접 접촉을 한 상태라 진단 검사 결과를 기다리게 되었다는 내용이었다.

—그래도 은미가 근처에 있어서 다행이야. 멀리 있었으면 못 보냈을 텐데. 집은 괜찮아?

나는 그렇다고 대충 말하며 전화를 끊었다. 그러지 않으면 통화가 한없이 길어질 것 같았다. 엄마는 원래 걱정이 많은 성격이었다. 이번 일도 그렇다. 꼭 언니 집에 올 필요는 없었다. 엄마가 방에서, 내가 거실에서 지내면 될 일이었다.

하지만 엄마는 검사 결과가 음성으로 나와도 격리 중에 양성으로 바뀌면 나한테 피해가 갈지도 모른다고 생각했다. 감염병에 취약한 요양 병원 간호사로 일하고 있어서인지 더 예민하게 굴었다. 결국 근처에서 자취하는 사촌 언니한테 신세를 지게 되었다.

"오래 기다렸어?"

불쑥 들려온 목소리에 고개를 들었다. 노란 커트 머리, 검정 시스루 셔츠, 한쪽 귀에만 네 개의 귀걸이, 눈썹 피어싱까지……. 목소리는 은미 언니가 맞는데, 내가 아는 그 사람이 맞나 싶었다.

"어, 언니?"

나는 깜짝 놀라서 엉거주춤 일어났다. 언니와는 2년 전에 가족들과 함께 식사를 한 적이 있었다. 그때 언니는 고3이었는데 넥타이 하나 삐뚤어지지 않게 교복을 단정하게 입고 무표정한 얼굴로 가만히 젓가락질만 했다. 너무나 깔끔하고 반듯한 모습이라 쉽사리 말을 걸지도 못했다.

들기로는 일등을 놓치는 법이 없다고 했다. '엄친딸'의 표본 같던 언니가 졸업한 지 겨우 1년 만에 이렇게 확 바뀔 거라고는 상상하지 못했다. 대체 무슨 일이 있었느냐고 묻고 싶었지만 입술만 달싹거릴 뿐이었다.

"내 모습에 놀랐나 보네. 이상해?"

나는 고개를 좌우로 세차게 흔들었다. 놀라긴 했지만 이상하지는 않았다. 하지만 엄마가 언니의 이런 모습을 알고 있는지 궁금했다. 만약 알았다면 여기에 보낼 생각은 추호도 하지 않았을 것이다.

"좀 지저분하지만 편하게 있어. 난 대부분 방에서 작업하니까. 근데 여기 있어도 진짜 괜찮겠어?"

언니는 나를 텔레비전이 있는 거실로 안내했다. 말이 거실이지, 사람이 누우면 머리가 부엌에, 발끝은 화장실에 닿는 조그마한 다용도 공간 같았다. 언니는 방에서 지내겠다며 거실에서 지내도 괜찮겠는지 내 의사를 물었다. 지금이라도 맘에 들지 않으면 돌아가도 좋다는 무언의 눈빛이 느껴졌다.

나야 이 정도면 충분했다. 어차피 엄마와도 이렇게 지내왔으니 말이다. 집에서는 내 방이 있는 게 달랐지만. 가만히 있는 나를 보고 언니는 미소를 지었다.

"이제는 할 말은 하고 살자는 주의거든. 솔직하게 말할게. 네가 와서 좀 불편하기는 해. 요즘에 개인적으로 준비하는 것도 있어서 신경이 날카로워져 있거든. 나도 모르게 너한테 예민하게 반응할 수도 있을 거야. 그래도 네가 싫어서 그런 게 아니라는 건 알아줘. 내가 신경 못 쓰는 것도 있겠지만, 필요한 거나 불만 사항은 바로 얘기해 주면 좋겠어. 짧은 시간이라도 잘 지내 보자. 알았지?"

나는 언니를 보며 고개를 끄덕였다. 전에 봤을 때는 묻는 말에 '예.' '아니요.'로 대답만 하는 정도였는데, 언제부터 이렇게 똑 부러지게 말하게 된 걸까?

"이모한테 학교 안 가도 된다는 말을 들었는데. 학교는 그만둔 거야?"

"거, 거의."

자퇴하고 싶었지만 그럴 수 없었다. 엄마는 조금 더 천천히 자퇴 숙려 기간을 가져 보자고 했다. 나는 생각이 바뀔 것 같지 않았지만, 엄마의 의견을 따르기로 했다.

"그게 다야? 할 말 다 했어?"

언니는 어깨를 으쓱했다. 언니도 나랑 얘기하기가 매우 답답한 모양이었다. 나와 대화하면 사람들은 대부분 그런 반응이었다.

나도 언니처럼 말을 잘하고 싶었지만, 말 한마디를 하려면 생각할 시간이 꽤 많이 필요했다. 머릿속으로는 많은 단어가 둥둥 떠다니는데, 잡으려고 할 때마다 잘 피해 다니는 느낌이었다. 그래도 상대방이 쳐다보면 무슨 말이든 하려고 했다. 그러다 보면 나도 모르게 말을 더듬었다.

애들은 그런 나한테 멍청하다며 짜증을 냈다. 때로는 나도 말을 잘한다는 걸 보여 주고 싶었지만 그럴수록 머릿속에는 여러 말들이 서로 먼저 나오겠다며 사납게 으르렁거렸다. 해야 할 말의 질서를 찾다 보면 어느새 대화하던 상대방은 사라지고 혼자 남은 내 머릿속은 실타래가 잔뜩 엉킨 것처럼 되었다.

나는 결국 입을 다물게 되었다. 말을 하지 않아도 딱히 불편한 점은 없었다. 말을 안 하면 더듬을 일도 없었다. 그러고 보면 세상에는 불필요한 말들이 너무나 많았다. 나까지 쓸데없는 말을 더 보태고 싶지 않았다.

거꾸로 애들은 자꾸 내게 말을 걸었다. 누가 말을 시키는지 서로 내기를 걸기도 했다. 유치한 장난이나 치는 그들을 상대하고 싶지 않았다. 하루는 모둠 활동 시간에 여섯 개의 눈동자가 내 의견을 말하라면서 잠자코 나를 바라보았다.

"제발 그만 좀 해!"

결국 머리를 부여잡고 소리를 빽 지르고 말았다. 그 뒤로 나는 학교에서 덜떨어진 데다 신경질적인 말더듬이로 낙인 찍혔다.

이제 학교에 다니는 것도 싫었다. 어른들은 왜 그러느냐고 이유를 물었지만, 그들이 이유를 안다고 해도 내게 해 줄 수 있는 일은 없었다. 결국 상대방이 한숨을 내쉬며 포기할 때까지 잠깐만 참으면 되었다.

언니는 아무 말 없는 나를 한동안 잠자코 바라보다 깊은 한숨을 내쉬었다. 그러더니 혹시라도 방을 구경하러 들어오는 건 괜찮지만 작업 중이니 책상은 절대 손대지 말라며 방으로 들어갔다. 문이 닫히는 소리가 유독 크게 들렸다.

옷을 갈아입고 텔레비전을 틀었다. 예능 프로그램 속 출연자들은 떠들썩하게 웃어 댔지만 전혀 웃기지 않았다. 익숙한 공간이 아니라서 그런지 마음이 편하지 않았다. 어떻게 일주일을 견딜지 걱정이 되었다. 정작 엄마는 몸이 아파 앓아 누울지 모르는데, 나는 내 몸 편할 궁리만 하는 나쁜 딸 같았다. 이런 딸과 사느라 엄마가 고생한다는 생각에 마음이 무거워졌다. 우리는 서로에게 사과만 하는 관계인 듯했다.

"유리야, 나 잠깐 나갔다 올게. 쉬고 있어."

이런저런 생각으로 잠을 못 자고 밤새도록 뒤척였다. 비몽사몽 정신이 없는 중에 언니의 말소리가 멀리서 메아리처럼 들려왔다. 머릿속으로는 일어나야지 생각하면서도 깜박 잠이 들었다.

자리에서 겨우 일어났을 때는 해가 중천에 떠 있었다. 그래도 눈이 잘 떠지지 않을 정도로 정신이 멍했다. 낯선 가재도구를 바라보며 머릿속을 정리했다. 엄마와 거리를 두기 위해 어제 사촌 언니 집에 왔다는 사실이 떠올랐다. 기억을 더 듣다 아침에 인사하고 나가던 언니의 말이 생각났다.

　냉장고에서 시원한 물을 꺼내 마시고 집안 곳곳을 살폈다. 뭐, 부엌 딸린 거실에 방 하나. 어제와 다를 것 없는 공간이지만 말이다. 그래도 언니의 작업실에는 꽤나 볼거리가 많았다. 언니 물건을 만지지 않도록 조심하면서 눈으로 방 안을 훑어봤다. 방에는 올록볼록한 스펀지들이 붙어 있었다. 정면에는 컴퓨터와 키보드가, 옆면에는 여러 장의 사진이, 다른 벽면에는 커다란 포스터 세 장이 걸려 있었다.

　화려한 조명을 배경으로 많은 사람이 찍혀 있는 사진이었다. 친구들과 셀카를 찍는 사람들, 박수치며 환호하는 사람들, 마이크를 들고 무대에 서 있는 사람들……. 가만, 스포트라이트를 받고 있는 한 사람이 눈에 들어왔다. 설마 은미 언니……? 나는 고개를 갸웃거렸다. 어제와는 비교도 안 될 만큼 진한 화장을 하고 배꼽이 드러난 반짝이 옷을 입고 있었다. 딴 건 둘째 치고 마이크를 잡고 무대 위에 서 있다니, 사진으로 봐도 믿기지 않았다.

　사진을 가까이서 보려다가 실수로 컴퓨터 키보드를 누르고 말았다. 대기 상태였는지 금방 컴퓨터 화면이 켜졌다. 바탕화면에는 여러 개의 파일이 깔려 있었다. '이태원 공연'이라고 적힌 파일명을 클릭했다. 영상 하나가 재생됐다. 무대 위를 비추는 스포트라이트 속에 여자가 랩을 내뱉었다.

대학은 우리 모두의 결승점인들

모두 끝났다며 등을 돌린 부모들

너는 혼자서도 잘할 수 있다고 한들

나만 외딴섬에 떨어져 달에 소원을 빌어 본들

다시 만날 수 없는 과거의 날들이 모인들

하루하루 길을 떠돌던 의미 없는 한숨들

세상의 빛이라던 내가 어느새 갚아야 할 빚인들

세상의 만남은 어깨에 짐 하나를 올려 둔 일인들

하루하루 구질구질 뭘 해도 부질부질……

"뭐 하는 거야?"

언제 돌아왔을까? 언니가 소리치며 내게서 마우스를 획 빼앗아 동영상을 꺼 버렸다. 나는 황급히 거실로 나가 앉았다. 아무래도 큰 잘못을 저지른 것 같았다. 언니가 거실로 따라 나왔다.

"미안. 좀 당황했어. 가족한테 보여 준 게 처음이라."

언니가 가까이 다가와 사과를 했다. 숨 막히는 고요 속에 잠겨 들었던 나는 깊은숨을 토해 냈다. 언니는 벽에 등을 기댄 채 쑥스러운 듯 머리를 헝클어뜨렸다.

"그, 그 영상에서 나오는 사람이 어, 언니였어? 진짜 래, 랩을 해?"

한 줄기 빛 속에 눈을 감고서 랩을 하는 언니의 목소리가 아직도 귀를 울리는 듯했다.

"그쪽 바닥에서 놀고 있기는 한데. 아직은 아마추어야."

"어, 어쩌다 래, 랩을······?"

"왜? 관심 있어?"

훅 들어온 질문에 숨이 턱 막혔다. 신기하게도 부정하고 싶지는 않았다. 랩에 대해 한 번도 생각해 본 적이 없었지만, 관심 없다고 선을 긋고 싶지도 않았다.

"오늘 밤에 내가 좋아하는 래퍼 공연이 있는데. 볼래? 집에서 볼 수 있는 게릴라 콘서트야. 내가 아는 한 코로나가 남긴 현상 중 가장 좋은 것 같아."

언니가 내게 눈을 찡긋거리며 고개를 끄덕였다.

공연 시간이 한참 남아 컴퓨터 앞에 앉아 대기했다. 언니는 래퍼에 대해서 미리 알아 두라며 유튜브에서 관련 영상들을 틀었다. 래퍼의 이름은 '지구멍'. '지구에 구멍이 있다.'라는 말을 줄인 거라고 했지만, 설명을 들을수록 더 아리송했다.

언니는 래퍼 자신이 쥐구멍을 찾는 순간을 랩 가사로 적을 때가 많다고 웃었다. 가사를 읽다 보면 어이없고도 짠하다면서. 버스비 100원이 모자라 사람들한테 빌리러 돌아다니다 결국 집까지 두 시간을 걸어갔다거나, 양말에 큰 구멍이 난 줄도 모르고 신발을 벗는 식당에서 알바를 열심히 했다는 식이었다. 언니는 시원한 맥주를, 나는 콜라와 과자를 먹으면서 지구멍의 영상을 찾아봤다.

공연 시작 10분 전에 줌 링크를 타고 입장했다. 화면에는 50명 정도의 사람들이 각자의 공간에서 응원 도구를 들고 공연 볼 준비를 하고 있었다. 우리도 휴대폰에 지구멍과 쥐구멍을 적고 눈에 잘 보이게 흔들었다.

─다들 반갑습니다. 잘 들리죠?

지구멍이 화면에 나타나 손을 흔들었다.

─저로서는 이렇게 비대면 공연을 하는 건 처음인데요. 긴장도 되고 설레기도 합니다. 뭐, 어렵게 생각할 거 없이 한번 해 볼게요. 좋죠?

시청자들이 소리를 질렀다. 많은 사람들의 함성이 공간을
꽉 채우는 공연장 공연과는 차이가 있었다. 나는 어색해서
이마에 삐질삐질 땀이 나는 것 같았다. 그래서 관객 반응이
중요해 보이는 순간에는 자꾸만 화면 밖으로 뛰쳐나가고 싶
었다.

─시작은 여러분들이 많이 좋아해 주시는 〈고릴라〉부터
불러 볼게요.

넥타이를 맨 고릴라 한 마리가 오늘도 먹이를 찾아 대지

오늘도 빌딩 숲속을 네 발로 기어 다니며 코를 킁킁대지

떡 벌어진 어깨에 올라탄 새끼들이 머리를 쥐어박아 대지

용돈 내놔, 귀찮아, 하다가 결국 고릴라는 투명 인간이 되고 말지

고릴라가 인형으로 느껴지면 우리도 고릴라가 되는 날이 멀지 않지

우리가 사는 곳이 '지옥'이라 외치는 함정에 빠진 고릴라가 말이지

고릴라 우걱우걱 릴라릴라 고릴라를 잡아먹는 세상에서 소리치지

에라, 모르겠다, 오늘이나 즐기면서 띵가띵가 살아 보자

우리에게 '내일'이란 없는 말이 될 테니……

처음 듣는 리듬인데도 흥겨워서 나도 모르게 몸을 흔들었

다. 가슴을 쾅쾅 울리는 비트에 눈을 감고 온몸을 내맡겼다. 그렇게 몸을 움직이고 나니 가슴을 꽉 막고 있던 뭔가가 시원하게 뻥 뚫리는 기분이었다. 공연이 끝나도 구름처럼 하늘을 둥둥 떠다니는 느낌이 들었다.

"유리, 너 되게 즐기더라!"

언니가 어깨를 툭 쳤다.

나는 고개를 절레절레 흔들며 거실로 나가 차가운 물을 벌컥벌컥 마셨다. 아직도 공연의 흥분이 가시지 않았다.

"아니라고? 내 눈은 못 속이는데?"

언니가 뿌듯한 얼굴로 물었다. 무슨 말이든 해 보라고, 감상이든 질문이든 뭐든 괜찮으니까 말해 보라는 듯한 언니 얼굴에 갑자기 내 안에서 질문이 터져 나왔다. 웬만해서는 남에게 질문하는 법이 없는데…….

"어, 언니는 왜 갑자기 그, 그렇게 변한 거야? 래, 랩은 언제부터 조, 좋아한 건데?"

"글쎄, 내가 대학교에 들어가자마자 우리 부모님 별거한 거 알아? 내가 결혼한 후에는 이혼하신대."

"저, 정말? 처음 들었어. 어, 엄마가 그런 말은 조, 조금도 안 해서."

"무슨 자랑이라고 말하고 다니겠어. 어쨌든 그냥 허무하더라고. 대학만 가면 맘대로 살라고 하더니. 그게 본인들 좋자고 하는 얘기였나 봐. 대학 잘 간 게 다 무슨 소용이냐 싶더라. 좋은 직장 다니고, 좋은 사람 만나 결혼해 봤자 그 결과가 뻔하잖아. 부모님의 이혼이라니."

"그, 그러니까 언니 말은 허, 허무해서 랩에 관심이 생겼다고?"

"음, 공부가 시시해서 손 떼고 살았어. 방역도 좀 풀려서 친구랑 놀러 다니는데, 소극장에서 힙합 공연을 했거든. 그거 보면서 랩의 매력에 푹 빠지게 됐어. 자기 감정을 직접적으로 다 뱉어 내는 게 얼마나 시원해 보였는지 몰라."

해맑게 웃는 언니 얼굴이 참고 참다가 화장실에 다녀오게 된 듯 아주 시원한 표정이었다.

"솔직히 이 바닥에서 미래가 밝을 거라고 기대하지는 않아. 성공은커녕 고생만 할 수도 있겠지. 그래도 지금은 답답한 마음을 풀 수 있다는 게 좋아."

얼마 만일까? 엄마가 아닌 사람과 한 마디 이상 대화를 나눠 본 게. 그런 적이 별로 없어서 무척 낯설었다. 하지만 모든 게 자연스러웠다.

언니와 대화가 끝난 뒤에도 나는 여전히 공연의 열기에 취해 있었다. 지구멍이 밖으로 뱉어 낸 말들이 아직도 귓속을 맴돌았다. 지구멍처럼 내 감정을 랩으로 표현해 보고 싶었다. 책가방에서 아무 공책이나 꺼내 뒷장에 머릿속에 떠오르는 생각들을 두서없이 적어 갔다.

나는 마법사, 무슨 말이든 그대로 이뤄지지

왕따당하는 친구에게 던진 말이 이뤄졌어

걔들이 물었을 때 난 너랑 친구가 아니라고 했어

결국 그 아이와 영영 멀어지고 만 거야

이제 미안하다고 사과할 기회는 영영 사라졌어

너는 영영 나를 떠나 버렸으니까

가해자는 여전히 학교만 잘 다니는 이 현실

나와 절교한 너를 찾아갈 용기가 없어

나는 영영 너의 눈빛에서 벗어날 수 없어 영영

사람들은 나만 보면 왜냐고 이유를 묻곤 하지

왜 말을 안 하는지, 친구가 없는지, 학교에 가기 싫은지

소음으로 가득 찬 이곳에서 더는 똑같은 말을 하기 싫어

누군가에게 상처 줄지도 모르는 말들을

내 눈을 쳐다본 적 없는 너희들은 영영 모를 거야

내가 이상하다고 손가락만 뱅뱅 돌릴 뿐이잖아……

"뭘 그렇게 적는 거야?"

언니가 갑자기 공책과 나 사이에 얼굴을 들이밀었다. 깜짝
놀라 공책에 손바닥을 올렸다. 하지만 언니는 재빠른 동작으
로 공책을 확 잡아채 갔다.

"아, 안 돼. 이리 줘!"

언니는 내가 공책에 쓴 글을 진지하게 읽었다. 얼굴이 새
빨개졌다. 옷을 홀딱 벗고 있는 듯한 느낌이 들었다.

"이거, 지금 쓴 거야?"

아무 말도 하기 싫어서 빨리 돌려 달라고 했다.

"너, 정말 랩하고 싶어?"

나는 고개를 깊숙이 끄덕였다.

"좋아, 한번 시작해 볼까?"

언니는 내 앞에 종이 한 장을 내밀었다. 새하얀 종이가 눈
부셨다.

"여기에 네가 하고 싶은 말을 다 써 봐. 라임이나 펀치 라인
같은 건 지금 중요한 게 아니니까. 오케이?"

막상 하얀 종이를 받으니 그 위에 뭘 써야 할지 알 수 없어졌다. 아까 공연을 볼 때는 머릿속이 터질 것처럼 쏟아져 나오던 말들이 어느새 커다란 돌덩이 같은 것으로 콱 막혀 버린 것 같았다.

"왜? 어려워? 그럼 하나씩 해 볼까? 래퍼는 자기 생각을 대중 앞에 거침없이 드러내야 해. 넌 자신을 세상 사람들에게 완전히 드러낼 준비가 돼 있는 거야?"

언니의 질문에 갑자기 무서워졌다. 긴장하는 나를 보며 언니가 목소리를 한껏 낮췄다.

"세상에 자신을 드러낸다는 게 무슨 뜻인 줄은 알아?"

나는 마른침을 꿀꺽 삼키며 고개를 가로저었다.

"사람들은 인정사정없어. 못하면 바로 욕하면서 야유를 보낼 거야. 무대에서는 오직 네 실력으로만 버티고 서야 해."

아무 말도 못 하고 풀이 죽은 나를 보며 언니가 빙긋이 미소 지었다.

"그럼 무대에 서는 건 나중에 생각하고 먼저 가사부터 적어 볼까? 가장 쉬운 걸로 뭐가 있을까? '학교'라는 말을 들으면 어떤 생각이 드는지 써 봐."

언니는 펜을 들어 종이에 커다란 원을 그리고 그 안에 '학교'라는 말을 썼다. 나는 학교 옆에 '지진'이라고 적었다.

"왜 지진이야?"

나는 주저하다가 '다 무너졌으면…….'이라고 썼다.

"그럼 '학교는 지진이 나서 사라져'라고 해. 그다음에 학교는 어떻게 됐으면 좋겠어?"

언니를 향해 난감하다는 눈빛을 보냈다.

"어쨌든 지금은 그냥 네 생각을 무조건 적어 봐. 눈을 감고 한번 상상해 봐."

나는 눈을 감고 깊은숨을 내쉬었다. 교실 한가운데에 앉아 있다고 생각하는 것만으로도 숨이 막혀 왔다. 하지만 지진이 나서 학교가 사라진다면……. 눈을 뜨고 언니의 말대로 생각나는 말들을 종이에 빼곡히 적어 보았다. 수많은 말들이 끝없이 이어질 것 같았다.

얼마 후에 정신을 차린 나는 종이 위에 펜을 놓았다. 언니는 내가 적은 글을 훑어보았다. 나는 손발이 오글거려서 얼굴이 화끈 달아오르는 것 같았다. 다른 한편으로는 땀을 식혀 주는 바람이 시원하게 느껴지기도 했다.

"이제 한번 불러 볼까?"

내가 쓴 가사를 랩으로 읽어 보았다. 이렇게 긴 문장을 더 듣지 않을 수 있다는 게 신기했다. 랩 가사가 입에서 꼬이기도 했지만 쉴 새 없이 입술을 움직여 연습했다. 내 주위를 휘도는 많은 말들을 맘껏 얘기할 수 있는 이 순간이 좋았다.

학교는 지진이 나서 사라져
Wow 이제 나의 시대다 길을 비켜
거인이 된 나는 왕발로 학교를 쾅 부셔
내게 손가락질하며 웃는 개미 떼가
걸음아 나 살려라 도망간다 하하 웃어
교문 뼈다귀가 개들의 맛있는 먹이가 되어
앙칼진 개들아 짖어라 학교 접수하러
내가 왔다 나는 랩스타!

마음속에서 뭔가가 터져 나오는 것 같았다. 내 속에도 이렇게 큰 소리가 담겨 있는 줄 몰랐다. 몇 년 동안 말을 더듬어서 고생했다는 게 거짓말 같았다.

그 후로 엄마의 자가 격리가 무사히 끝나고 집으로 돌아가서도 언니 집에 자주 놀러 오게 되었다.

어느 날, 언니는 컴퓨터를 켜고 라이브 방송 준비를 했다.

"너만 괜찮으면 홍대로 나가 버스킹을 해 보는 건데, 아쉽다. 지금은 이걸로 만족하고……."

그러더니 나를 자기 옆에 앉히려고 했다. 나는 절대 안 된다고 고개를 세차게 흔들었다.

언니가 기타를 들고 음을 조율했다. 헛기침을 하면서 라이브 방송을 켰다. 나는 방구석에서 그런 언니를 가만히 지켜봤다. 전에 본 동영상에서 파워풀한 랩을 하던 언니가 오늘은 감미로운 노래를 불렀다. 허스키한 언니의 목소리가 기타 선율과 잘 어울렸다.

언니를 보면서 사람들 앞에 서는 내 모습을 상상해 봤지만, 생각만으로도 너무나 힘들었다. 나를 쳐다보는 눈들을 생각하면 정신이 아찔해지며 식은땀이 났다. 아무리 몸부림을 쳐 봐도 내 몸을 옥죄는 사슬은 영원히 풀리지 않을 것만 같았다. 이런 감정을 느끼는 내가 바보 같아서 코끝이 찡해지고 눈물이 차올랐다.

라이브 방송이 끝난 뒤, 나는 언니에게 물었다.

"나, 나한테 랩은 그냥 자, 자기만족이면 충분해. 내, 내가 이상해?"

랩을 하면서 말을 더듬는 버릇이 다 나은 줄 알았는데, 그 것도 아니었다.

"자기만족, 나쁘지 않지. 하지만 너는 살아 있으니까. 요즘 '관종'이라는 말로 비아냥대긴 하지만, 살아 있는 존재라면 누구나 자기 존재를 세상에 증명하고 싶은 마음을 가지고 있 지 않을까? 내 결론은 간단해. 래퍼라면 무대에서 환호를 받 을수록 더욱 신이 나는 거야."

"그, 근데 사람들 앞에 서는 게 무, 무서워……."

"그래도 랩을 하고 싶어?"

나는 고개를 끄덕일 수밖에 없었다.

"……따라와."

언니는 나를 데리고 작업실로 들어갔다.

"자신 있는 랩 좀 해 봐."

언니는 스마트폰을 들고 내가 랩을 하는 영상을 찍었다.

"자, 어때?"

동영상을 봤더니 나도 모르게 손발이 오그라들었다. 얼굴 이 붉어지면서 손바닥으로 얼굴을 가렸다.

"이것도 못 보겠어? 거참, 성가시게 구네."

언니는 혀를 차면서 내 머리에 반짝이는 황금색으로 'MC'

라고 적힌 모자를 깊숙이 눌러씌웠다.

"이러면 아무도 너를 못 잡아먹을 거야. 힙합의 정신은 폼 나게 사는 거야. 옆에서 누가 뭐라고 하든 신경 쓰지 말고. 이 세상에서 네가 제일 잘난 애라고 생각해. 알았어? 그 자신감 없으면 하루라도 빨리 포기해."

언니의 말은 구구절절 맞아서 내 마음을 바늘처럼 쿡쿡 찔렀다. 얼마 만에 내가 하고 싶은 유일한 것을 찾았는데, 사람들 앞에 서기 무섭다는 이유만으로 포기하고 싶지는 않았다.

"……처, 천천히 할 거야. 지, 지금 당장 와, 완벽하지 않아도 되잖아."

"좋아! 그 말이 듣고 싶었어."

나는 다시 한 번 언니의 휴대폰 앞에서 랩을 했다. 영상 편집이 끝나자 유튜브 계정을 만들어 영상을 올렸다. 도입부에는 흰 벽에 내 그림자만 나왔다. 그다음은 나의 코 아래쪽 부분, 그리고 깊게 눌러 쓴 모자가 비치기도 했다.

인터넷 세계의 수없이 많은 영상 가운데 그런 내 모습을 눈여겨보는 사람은 아무도 없었다. 조회수는 오래도록 두 자릿수에 머물렀고, 우연히 또는 실수로 클릭했을 게 뻔한 사람들도 별다른 반응은 없었다.

어쨌든 나는 만족스러웠다. 연습을 하고, 영상을 찍어 올리다 보니 나도 모르게 리듬에 맞춰서 몸을 움직이며 손짓을 하기도 했다. 그저 랩을 하는 그 순간이 좋았다. 세상은 아직 내게 관심이 없다 해도 엄마와 언니만은 영상에 댓글을 남겨 줬다. 엄마는 '굿!', 언니는 '연습만이 살길!'이라는 말 한마디였지만 말이다.

있잖아, 내 말 좀 한번 들어 봐

내가 얼마나 수다스러운 애인지 보여 줄게

머릿속 폼나는 생각들을 알려 줄게

내 이름은 유리, 깨지지 않을 유리

이제 너희들 별거 없어 다 까발릴 거야

더는 네 눈빛에 도망치지 않아

다 드루와 드루와……

확찐자의　꿈

> 2주 후 수요일부터 등교 예정입니다.

　나는 단톡방에 올라온 내용을 확인하다 깜짝 놀랐다. 큰일이었다. 공습 경보 사이렌이 울리는 비상사태였다.

　내 인생은 언제나 타이밍이 절묘하게 맞아떨어졌다. 아주 안 좋은 쪽으로만. 이것도 능력이라면 대단한 '운발'의 소유자였다. 뭘 받으려고 줄을 서면 딱 내 앞에서 끝났고, 뭘 뽑아도 꽝이었다. 버스는 막 출발해 버리고, 먹고 싶은 건 품절이거나, 가고 싶은 곳은 정기 휴일이었다.

　오늘도 그랬다. 참고 참다가 얼마 전부터 에라 모르겠다며 그냥 먹기 시작했다. 그런데 일주일도 지나지 않아 등교 날짜가 공고된 것이다. 이것도 바뀔지 모르지만 말이다. 올해 등교는 폭발적인 바이러스 확산세 때문에 계속 미뤄지고 있었다. 등교가 미뤄지는 것보다 그사이에 나도 모르게 찐 '살'들이 문제였다.

등교하는 것보다는 원격 수업하는 게 더 좋았다. 학교 가느라 외출 준비를 하거나 복잡한 버스를 탈 일이 없어서 편했다. 집에서 밥을 챙겨 먹어야 하는 건 귀찮은 일 중 하나였지만. 조리가 쉬운 라면이나 배달 음식을 자주 먹었다. 그러다 보니 정신을 차렸을 때는 배가 좀 나와 있었다.

처음에는 얼굴이나 손이 부은 거라고 생각했다. 어젯밤 늦게 라면을 끓여 먹은 탓이라고, 치킨을 시켜 먹어서 그렇다고. 그런데 시간이 지나도 그 부기가 빠지지 않았다. 그래도 걱정은 하지 않았다. 학교에 가지도 않고 누구를 만날 일도 없으니 맘이 편했다. 이렇게 아무 생각 없이 지내고 있었는데, 갑자기 이런 날벼락이 떨어질 줄이야.

그전까지는 내가 많이 먹어도 찌지 않는 체질인 줄 알았다. 그런데 바깥 활동이 줄고 보니 어느새 허벅지와 팔뚝, 옆구리 쪽에 살이 올라 있었다. 맨 처음 등교 날짜가 고지되었을 때 교복 치마를 입어 보았다가 허벅지에서 딱 걸려 엄마가 빨래를 잘못한 줄 알았다. 그래서 엄마한테 옷을 내밀며 당당하게 화를 냈다.

엄마는 콧방귀를 한번 뀌고 나를 전신 거울 앞으로 데려갔다. "네가 어떻게 보이니?"라고 묻는 엄마의 얼굴이 백설 공주 속 마귀할멈처럼 사악해 보였다는 건 죽을 때까지 비밀에 부치련다. 여하튼 그동안 엄마가 그만 좀 먹으라고 얘기했던 건 식비를 아끼려고 하는 잔소리로만 여겼는데.

"이거, 진짜 큰일이다."

엄마가 갑자기 손가락으로 내 턱살과 볼살을 잡았다. 엄마의 포악한 손아귀에서 도망치지도 못하고 너무나 쉽게 잡혀 버린 살들이 원망스러웠다.

"저리 치워!"

나는 엄마 손을 치우며 짜증을 냈지만, 엄마는 아랑곳하지 않고 혀를 끌끌 찼다.

"세탁소에 가서 허리랑 품을 늘려 달라고 해 볼게."

엄마가 교복 치마를 획 들었다. 나는 그 치마를 잡아당겼다. 이렇게 교복 치마를 보내기에는 내 자존심이 허락하지 않았다.

"잠깐! 그럴 필요 없어. 내가 실을 뺄게."

엄마는 순순히 치마를 돌려주었다. 내심 엄마가 반대해 주길 바랐지만 이미 끝난 일이었다.

그렇게 살을 빼려고 마음먹었는데, 또다시 등교가 미루어졌다. 그게 몇 번이나 반복되니 언제 살을 빼야 하는지 갈피를 잡을 수가 없었다. 다이어트와 폭식 사이를 왔다 갔다 하다가 결국 지금에 이르렀다. 확진자가 많이 줄어든 이 상황에서는 등교할 확률이 꽤 높아 보였다. 이번에야말로 살을 왕창 빼서 교복에 딱 맞는 몸으로 거듭나리라 다짐했다.

나는 일단 공원에 나가기 전에 아빠에게 SOS를 쳤다. 운동은 혼자 하면 심심해서 오래갈 수 없는 법이다. 이럴 때는 아빠의 도움이 필요했다.

"아빠만 믿어."

신이 난 아빠는 재빨리 옷을 갈아입고 따라왔다.

아빠는 왕년에 복싱 미들급 국내 챔피언이었다. 아빠의 복싱 스코어는 25전 23승 2패였다. 놀랍다면 놀라울 숫자지만, 국내 챔피언이 되자마자 1차 방어에서 패배하고 말았다. 아빠 말로는 더 이길 수 있었는데, 전날 먹은 게 탈이 나서 힘을 못 썼다고 했다. 하지만 아빠의 코치를 맡았던 덕기 삼촌은 고개를 절레절레 흔들며 그때 상대 선수가 날린 주먹 한 방에 눈을 잘못 맞아 그렇다고 했다. 왼쪽 눈이 거의 보이지 않아서 은퇴할 수밖에 없었다는 것이다.

덕기 삼촌은 은퇴 얘기를 시작으로 추억에 빠져 아빠의 무용담을 줄줄 늘어놨다. 그럴 때면 아빠는 소주를 한입에 털어 넣고 씁쓸한 미소를 짓고는 했다. 나는 그런 아빠의 모습이 보기 싫어서 덕기 삼촌 얘기에 더 귀를 기울였다. 꽃가루가 날리는 링 위에서 챔피언 벨트를 번쩍 손에 든 아빠의 사진은 아직도 거실 한쪽 벽면에 자리하고 있었다.

나는 사진을 보며 상상하고는 했다. 그 모습을 만삭의 임산부가 눈물을 흘리며 보고 있었을 것이다. 엄마의 배 속에는 내가 꼬물거리고 있었다. 아빠의 화려했던 날들이 그대로 끝날 줄 알았다면 더 빨리 나와서 볼 걸 그랬다는 아쉬운 마음이 들었다.

엄마는 사진을 볼 때마다 그전에 정신을 차리지 못한 게 바보 같다며 두고두고 후회스럽다고 했다. 그럼 왜 사진을 떼지 않느냐고 물었더니, 볼 때마다 잘못을 기억하기 위해서라고 했다. 나는 엄마 얼굴이 너무 진지해서 이게 농담인지

진담인지 구분하기가 힘들었다. 아빠만 옆에서 킥킥거리며 웃을 뿐이었다.

아빠와 함께 아파트 공원을 달리는 건 아주 오랜만이었다. 아빠는 한 달째 체육관 문을 닫고 있었다. 확진자 숫자만 줄어들면 예전의 생활로 돌아갈 수 있겠다 싶었다. 하지만 이놈의 바이러스는 좀비같이 사라질 듯 사라지지 않고 모습을 바꾼 채 다시 나타났다. 방심하면 금방 확진자 숫자가 기하급수적으로 늘어나고, 다시 방역이 강화돼 잠깐 열었던 체육관 문을 닫아야 했다.

무슨 이런 경우가 있냐고 화를 내 봐도 전염병 앞에서는 속수무책이었다. 환불을 요구하거나 등록 자체를 꺼리는 회원들이 많아지니 체육관 경영이 어려워지고 있었다. 간호사인 엄마의 수입이 없었다면 우리 집 형편은 말도 못 했을 것이다. 아빠의 상황이 더 나빠질수록 엄마가 더 바빠지는 현실이 아이러니했다.

그래도 아빠는 아침저녁으로 하는 달리기를 멈추지 않았다. 당장 체육관을 다시 열어도 회원들을 지도할 수 있도록 준비되어 있어야 한다고 했다. 아빠의 말을 비웃던 내가 부끄러워졌다. 나도 몇 번은 아빠를 따라 나갈 걸 그랬다는 뒤

늦은 후회가 들었다. 그랬다면 이렇게 촉박하게 다이어트를 할 필요는 없었을 것이다. 아빠는 체육관을 바로 열 수 있을 거라 여겼고, 나는 등교하는 날은 영영 오지 않을 거라고 생각했다.

"아빠, 이제 그만할래."

공원을 두 바퀴 돌았더니 다리가 후들거렸다. 아빠가 열 바퀴는 기본으로 뛴다는 걸 알았기 때문에 소맷자락을 붙잡고 간절한 눈빛을 보냈다. 아빠는 이런 내 눈빛 공격을 못 견뎌 했다.

"알았다. 하지만 저녁에는 이 정도로는 안 돼. 내가 페이스 메이커를 데려오마. 실력은 보증할게."

아빠가 무슨 말을 하는지 제대로 들을 기력도 없었다. 그저 고개를 끄덕이고는 집에 빨리 가서 침대에 대자로 뻗어 버리고 싶었다. 주변 식당에서 흘러나오는 맛있는 음식 냄새 때문에 꼬르륵거리는 배와 휘청거리는 다리를 이끌고 겨우 집으로 돌아갔다.

금방 저녁이 되었다. 나는 또 달려야 한다는 생각에 죽을 상을 하고 터덜터덜 아파트 공원으로 나갔다. 머릿속으로는

'내일부터 더 열심히 달려도 되지 않을까?'라는 달콤한 유혹에 빠졌다.

더 늦기 전에 집으로 돌아갈까, 발걸음이 느려지는데 어느새 공원 입구에 서 있는 아빠가 보였다. 그 옆에 모르는 남자애까지 서 있는 걸 보니 절로 오만상이 찌푸려졌다. 대충 입고 나온 후줄근한 차림새로 다른 사람을 만나고 싶지 않았다. 집 쪽으로 돌아서는데, 아빠가 손을 흔들며 내 이름을 크게 부르는 통에 그쪽으로 갈 수밖에 없었다.

"얘는 내가 가르치는 페더급 선수야. 이름은 이만우, 별명은 만두야. 전에 얘기했지?"

만우와 만두? 별명이 너무 싱거워서인지 나도 모르게 헛웃음이 튀어나와 손으로 입을 막았다. 남자애가 내 얼굴을 찌르듯 노려봤다.

"네 속도에 잘 맞춰 줄 거야. 이제 달려 보자."

아빠는 잔뜩 찌푸린 우리 얼굴은 보이지도 않는지 기세 좋게 달려가 버렸다. 만우는 어깨를 한번 으쓱하더니 스트레칭을 하면서 아빠를 따라갔다. 나도 어쩔 수 없이 그들의 뒤를 쫓았다. 낮에 바나나만 먹어서 배가 무지 고파 와도 꾹 참고.

사실 만우라는 남자애에 대해서는 전부터 계속 들어왔다.

아빠는 작년에 썩 괜찮은 몸을 가진 남자애가 체육관에 등록했다며 좋아했다. 나보다 한 살이 더 많다며 친하게 지내라고 혼자 신나서 떠들었다. 얼마 후에는 갈고닦으니 더 좋아진다며 체육관의 유망주라고 자랑했다. 체육관을 새로 지어줄 아이라면서. 하지만 나는 만우 얘기를 즐겁게 하는 아빠의 얼굴이 보기 싫을 때가 있었다. 아빠는 그런 내 마음도 모르고 밤마다 만우 얘기에 열을 올렸다.

나는 산책길을 따라 뛰면서 만우의 뒷모습을 위아래로 훑었다. 운동복이 헐렁해 보일 정도로 깡마른 몸이었지만 군살 없는 근육질이기도 했다. 키는 나보다 훨씬 크면서 몸은 더 날씬해서 보는 것만으로도 짜증이 났다. 아빠가 페더급이라고 했지만 아무리 좋게 봐줘도 그 체중에 모자랄 것 같았다. 나보다 가벼운 남자애에게 밀리는 것 같아서 힘들어도 꾹 참고 뛰었다. 비교되는 게 싫어서 만우를 데려온 아빠가 원망스러웠다.

한 시간 정도를 뛰자, 나는 어쩔 수 없이 뒤처지기 시작했다. 그들이 나를 몇 바퀴나 제쳤는지 알 수 없을 정도로 차이가 났을 때, 다 포기하고 벤치에 앉아 쉬기로 했다. 아빠와 만우는 그 뒤로도 한 시간 정도를 더 뛰었다.

시간이 갈수록 앞을 휙휙 지나가는 그들을 노려보게 되었다. 내가 저만큼 달렸으면 다이어트를 하겠다고 밥을 굶을 필요도 없었을 것이다. 저들이 나보다 뚱뚱하면 내가 살이 쪘다고 생각할 필요도 없었을 것이다. 머릿속에 떠오른 생각에 깜짝 놀라 손부채질을 하며 열을 식혔다. 아빠와 만우는 아무 잘못도 하지 않았다. 나는 그저 화풀이 대상이 필요했을 뿐이다.

그들은 깜깜한 밤이 되어서야 달리기를 멈췄다. 우리는 배고픔에 허덕이며 집에 가서 삼겹살을 구워 먹기로 했다. 엄마는 오늘도 병원 업무가 많아서 우리끼리 밥을 해 먹었다.

아빠가 불판을 가져다가 대패 삼겹살을 굽기 시작했다. 햇반에 상추, 쌈장만 있는 조촐한 밥상이었지만, 지글지글 구워지는 삼겹살만 봐도 군침이 흘렀다. 나는 아침때만 해도 저녁을 건너뛸 셈이었지만, 노릇해지는 삼겹살의 유혹에는 도저히 참을 수가 없었다. 열심히 달렸으니 조금만 먹기로 했다. 이 정도는 봐줘야 하는 거라고, 첫날에 이 정도 달렸으면 상을 줘도 모자란다고 자신을 설득하면서.

대패 삼겹살은 얇아서 금방 익었다. 나는 바싹 굽는 걸 좋아해서 조금만 더 참기로 했다. 내가 입맛을 다시는 사이에, 불판 위로 쑥 들어온 젓가락이 노릇노릇하게 잘 익은 고기를 한 움큼 집어 갔다. 반대편에 앉은 만우였다. 만우를 노려보다가 꾹 참고 다른 걸 먹기로 했다. 그런데 내가 먹으려고 할 때마다 먼저 나타난 만우의 손에 삼겹살이 뭉텅이로 사라져 갔다.

나도 더 참으면 안 될 것 같아서 익으면 바로 먹기로 했다. 숨 쉴 틈도 없이 젓가락을 바삐 움직였다. 그사이에 낀 아빠는 열심히 고기를 굽느라 먹을 틈도 없었지만, 아빠 사정을 따질 때가 아니었다. 사 온 고기가 바닥을 보일 때쯤에야 우리의 젓가락질이 느려졌다.

나는 그제야 군침을 삼키는 아빠에게 미안해져서 슬그머니 젓가락을 내려놓았다. 뒤늦게 햇반과 김치를 더 꺼내 왔다. 그런데 만우는 아직도 아쉬운지 입맛을 쩝쩝 다시고 있었다. 나는 식탁 밑에서 만우의 다리를 툭 쳤다. 입 모양만으로 그만 먹으라며 턱짓으로 아빠를 가리켰다. 아빠는 이제야 맘 편히 상추에 남은 고기를 밥과 함께 큼지막하게 싸서 먹고 있었던 것이다.

"앗! 깜박했다."

갑자기 떠오른 생각에 손바닥을 마주쳤다. 다이어트를 한다고 해 놓고서는 애써 뺀 살이 아깝게 너무 많이 먹어 버렸다. 아주 조금만 먹을 생각이었는데 한순간 이성을 잃고 말았다. 그런 내 모습에 앞에 앉은 만우가 콧방귀를 뀌며 비웃음을 흘렸다. 그렇게 해서 다이어트가 되겠느냐는 눈빛이었다. 나보다 더 많이 먹은 만우는 살이 더 빠진 것처럼 보였다.

"페더급은 56킬로그램 정도가 되어야 하는데, 얘가 뭘 먹어도 살이 안 쪄. 지금 몸무게 맞추려고 엄청나게 먹고 있는 거야. 내가 얘 살 때문에 걱정이 돼서 죽겠다."

나의 의아한 눈빛을 느꼈는지 아빠가 묻지도 않은 말을 했다. 체육관의 유망주라고 하더니, 아빠가 신경을 많이 쓰고 있기는 한 모양이었다. 하지만 전염병 때문에 모든 복싱 대회가 미뤄진 상황에서 경기가 언제 다시 열릴지 알 수 없는 일이었다.

회원들도 떠나는 마당에 이전으로 다시 돌아갈 날이 올지 한숨이 나왔다. 옆에서 보면 내가 아빠보다 더 체육관 운영에 대해서 걱정하는 듯했다. 아빠는 그저 곧 괜찮아질 거라며 허허 웃을 뿐이었다.

그러는 중에 아직도 젓가락을 내려놓지 못하는 만우의 모습이 눈에 들어왔다. 나는 어쩔 수 없이 라면 세 봉을 더 끓여 햇반과 함께 내놓았다. 아빠와 만우는 라면을 허겁지겁 먹기 시작했다.

그들은 다 먹은 국물에 햇반 두 개를 야무지게 말고 바닥까지 싹싹 긁어 먹었다. 대단한 식성이었다. 저렇게 먹는데도 살이 안 찌다니, 이상했다. 아니, 부러웠다. 살이 찔 걱정 없이 맘껏 먹을 수 있다면 얼마나 좋을까.

나는 잔뜩 부른 배를 꺼뜨리기 위해 아파트 공원을 걷자고 했다. 이번에는 뛰지 않고 천천히 산책하듯이 걸었다. 잘못 뛰면 배가 아플 것 같았다. 하지만 그런 나와는 다르게 만우는 아무렇지도 않게 섀도복싱을 하며 내 옆을 휙 지나갔다. 그런 만우를 눈으로 좇으며 나와 체질을 바꾸면 딱이겠다는 생각이 들었다.

문득 좋은 생각이 떠올랐다. 단기간에 찐 살들의 노하우를 만우에게 적용해 본다면 성과가 있을 것 같았다. 그렇게 해서 아빠의 소망을 이뤄 준다면 내가 바라는 것도 가질 수 있을 것이다.

새로 나온 최신식 휴대폰을 영접하게 되는 순간을 맞이하고 싶었다. 내 휴대폰은 초등학교 때 산 거라 정말로 오래된

고물이었다. 진짜 바꾸고 싶었지만, 엄마가 중학생한테 새 휴대폰은 필요 없다며 반대하고 있었다, 아빠라면 어떤 핑계를 대서라도 내 편을 들어줄 것이다.

나는 당장 아빠에게 달려가 식비를 지원해 주면 등교할 때까지 책임지고 만우를 살찌워 보겠다며 손을 내밀었다. 아빠는 적극적인 내 모습에 두말 않고 손을 맞잡았다. 성공에 대한 보상으로 최신식 휴대폰을 얘기했더니, 아빠는 그건 걱정하지 말라며 자신의 가슴을 주먹으로 툭툭 쳤다. 어느 때보다도 믿음직스러운 아빠의 모습이었다.

다음 날부터 만우를 위해 칼로리가 높은 음식을 마련했다. 뭐, 딱히 대단한 요리가 아니라 대부분은 고기만 준비하면 끝이었다. 저녁에는 보쌈을 삶거나 삼겹살을 구웠다. 거기다 야식으로 햄버거나 치킨을 더 시켜 먹었다. 엄마의 신용카드가 있어서 다행이었다.

보쌈은 처음 해 보는 거였다. 하지만 인터넷에 올라온 맛있어 보이는 레시피를 따라 하면 못할 것도 없었다. 무엇보다 고기를 삶는 게 가장 중요했다. 냄새를 제거하는 재료를 함께 넣어서 끓이면 되지만, 그게 없을 때는 된장이나 커피

가루를 조금 넣어도 비슷한 효과가 났다. 보쌈용 고기는 두꺼운 삼겹살을 프라이팬에 한 번 구워야 육즙이 빠지지 않고 맛있다고 했다.

고민하는 과정이 있었지만, 인터넷에 나온 사진과 얼추 비슷한 모양으로 음식을 내놓을 수 있었다. 맛이 괜찮냐고 물어볼 새도 없이 아빠와 만우는 눈에 불을 켜고 고기를 김치에 싸 먹었다. 맛이 문제가 아니라 허기가 문제인 듯했다.

나도 밥에 고기와 김치를 올려서 한입 먹었다. 고기의 육즙이 부드럽게 느껴졌다. 내가 만든 건데도 생각보다 맛있어서 놀랐다. 그렇게 다섯 점을 연달아서 먹었다. 그러는 사이에 벌써 고기를 다 먹어서 한 덩어리를 더 썰어 왔다. 아빠와 만우는 쉬지도 않고 고기를 먹어 댔다. 나도 밥을 더 먹으려고 하는데, 젓가락이 빨리 움직이지 않았다. 평소와는 다르게 배가 어느 정도 찼다는 느낌이 들면서 힘이 빠졌다.

"지원아, 고기 많이 남았는데 왜 안 먹어?"

"아니, 많이 먹었어. 벌써 배가 부르네."

"뭐? 우리 딸이 고작 이 정도도 못 먹는다고? 어디 아픈 거 아냐?"

아빠는 펄쩍 뛰면서 내 손과 얼굴을 이리저리 살폈다. 나는 만우가 나를 먹보라고 생각할까 봐, 괜찮다며 아빠의 손을 쳐 냈다.

"내가 뭘 많이 먹는다고 그래?"

"힘들게 요리해서 그런 거 아니야? 우리 엄마도 요리하고 나면 힘이 없어서 밥을 잘 못 먹더라."

만우의 말에 얼굴이 화끈 달아올랐다. 뭘 대단한 요리를 한 것도 아닌데, 셰프의 입장에 견주니 몸 둘 바를 몰랐다. 만우네 엄마는 유명한 한식집을 운영하는 요리사였다. 식당에서 한꺼번에 많은 음식을 하니 힘들 수밖에 없을 것 같기는 했다. 그리고 만우가 먹는 걸 보면 힘이 빠질 만했다. 그렇게 많았던 고기가 순식간에 깨끗이 사라지는 걸 보면 마술이라고 생각할 수밖에 없었다.

나는 만우의 배를 가만히 쳐다보았다. 저 속에 뭐가 들었는지 정말로 궁금해졌다. 그렇게 많이 먹고도 배가 조금도 나온 것 같지 않았다. 배부르게 잘 먹었다는 표시가 좀 나야 하는데 말이다.

"내일도 해 줄 거야?"

만우는 눈을 빛내며 물었다. 그 옆에 얼굴을 가까이 갖다 대는 아빠의 눈빛도 반짝거렸다.

"2주만 해 줄게. 대신 설거지는 안 할 거야."

만우는 뒷정리의 달인이었다. 엄청난 속도로 깨끗하게 설거지를 끝내고 깔끔하게 정리하는 모습에 깜짝 놀랐다.

한참을 달리던 만우가 숨을 헐떡이며 공원 벤치에 와서 앉았다. 나는 마스크를 쓰고도 이 더위에 잘 달린다 싶어 또 한번 속으로 놀라며 시원한 물을 건넸다. 계절상으로는 한여름이 지났는데도 아직 숨이 턱턱 막히는 무더운 날씨였다. 나무 그늘에 앉아 있는데도 후텁지근한 열기가 느껴졌다. 이런 날씨에 마스크까지 쓰고 있으려니 더 숨이 막히는 것 같았다.

만우는 지쳤지만, 아빠는 아직도 잘 달리고 있었다. 아빠가 이 더위에 쓰러질까 봐 걱정스럽기는 했지만 이럴 때는 그냥 지켜보는 것도 좋을 듯싶었다. 근심 걱정이 있을 때는 다른 것에 몰두하는 게 더 나았다.

만우는 매일 밥 먹고 공원을 달린 후 샌드백을 치는 훈련을 반복하고 있었다. 아빠도 똑같은 훈련을 소화하니, 만우는 힘들다고 불평 한마디 꺼내지도 못했다. 아빠는 점점 말수가 줄어들며 훈련에만 몰입하고 있었다. 옆에서 보는 내가 더 안쓰러워질 정도였다.

"왜 권투를 시작했어?"

숨 막히는 정적이 계속되는 걸 참지 못하고 만우에게 물었다. 딴생각을 하는 것도 한계에 부딪혔다. 지쳐서 금방 돌아올 줄 알았던 아빠는 여전히 강철 체력을 자랑하고 있었다.

"살찌려고."

나는 권투보다는 다른 운동이 더 도움이 될 것 같다는 말이 목구멍까지 튀어나왔지만 다른 걸 묻기로 했다. 아빠의 기대주 앞에서 다른 운동 얘기를 하면 안 될 것 같았다.

"살쪄서 뭐 하게? 누가 괴롭혔어?"

아차 싶었다. 너무 개인적인 걸 물어봤나…….

"내가 괴롭히려고. 몸도 커지고 복싱도 하면 좀 무서워하겠지."

"뭐? 정말이야? 그러면 안 돼. 힘이 생겼다고 싸우면 안 되지."

나는 깜짝 놀라 자리에서 벌떡 일어났다.

"……엄마를 지키려면 내가 강해져야 해. 아빠랑 약속했거든. 엄마가 여자라고 무시하는 어른들이 꽤 많더라고."

만우가 무릎에 올린 손을 꽉 쥐었다. 힘줄이 터질 것 같아서 차가운 내 손으로 식혀 주고 싶었다. 전에 아빠한테서 들은 만우 얘기가 얼핏 떠올랐다. 만우의 아빠가 급성 췌장암으로 투병 3년 만에 돌아가셨다는 얘기였다. 그때는 관심이 없어서 흘려들었다. 그게 미안해져서 자꾸 손을 내밀고 싶었다. 행동으로 옮기기 전에 다행히 아빠가 돌아와 벤치에 쓰러지듯 앉았다. 나는 재빨리 정신을 차리고 아빠에게 시원한 물을 건넸다.

우리는 벤치에 앉아 쉬면서도 한참 동안 입을 열지 않았다. 집으로 돌아가는 길에 만우의 뒷모습이 계속 눈에 들어왔다. 그냥 호리호리한 체격이라고만 생각했는데, 오늘따라 어깨가 무척이나 단단해 보였다.

그렇게 2주가 금방 흘렀다. 이제 곧 학교 갈 날이었다. 나는 드디어 체중계 앞에 섰다. 숨을 멈추고 발가락을 체중계에 살짝 올렸다. 그동안 스트레스를 받을까 봐 체중계에 올라가지 않고 버티고 있었다. 이제 얼마나 빠졌을지, 이대로 교복을 입고 학교에 갈 수 있을지 확인해야만 하는 시간이었다.

찔끔 감았던 눈을 떴다. 10? 아쉽게도 그 정도까지는 아니었다. 하지만 4킬로그램 가까이 빠져 있었다. 목표했던 몸무게는 아니었지만, 이 정도면 그런대로 만족스러운 결과였다.

2주라는 짧은 시간을 생각하면 말이다. 그것도 완전히 굶으면서 무리한 것도 아니었다. 아빠가 억지로 데려오기는 했지만, 페이스메이커였던 만우가 생각보다 큰 역할을 한 모양이었다. 조금은 만우의 존재를 인정해 주기로 했다.

만우는 요즘도 우리 집에서 밥과 김치, 고기만으로 배를 채웠다. 가끔은 엄마가 싸 주었다며 밑반찬들을 들고 오기도 했다. 유명 한식집 요리사답게 콩나물무침이나 진미채볶음 같은 평범한 반찬도 맛이 있었다. 아빠도 엄마가 한 것보다 맛있다고 해서 옆구리를 여러 번 꼬집혔다. 그런데도 꿋꿋하게 맛있다며 고개를 끄덕이는 아빠가 대단해 보였다. 나도 같은 생각이었지만 입 밖으로 꺼내지는 못했는데.

손맛이 있는 사람이 만든 음식은 대충 해도 맛이 다르다는 걸 실감했다. 그 반찬들을 먹으면 내가 한 음식이 맛없게 느껴졌다. 그런데도 만우는 그릇을 깨끗이 비웠다.

그 모습에 남은 밥을 더 먹으라며 만우 앞으로 접시를 슬며시 밀었다. 만우가 우걱우걱 먹는 모습을 보는 것만으로도 배가 불러 오는 착각이 들었다. 아주 신기한 경험이었다. 예전에 할머니가 "우리 똥강아지가 먹는 모습만 봐도 배가 부르다."라고 했던 게 이해되었다.

"살쪘어?"

내 살이 빠진 만큼 만우의 살이 쪘는지 궁금했다.

"나? 한 2킬로 정도 쪘나?"

순간 욕이 튀어나올 뻔했다. 그동안 많이 먹이느라 얼마나 고생했는데, 고작 2킬로그램밖에 찌지 않았다니! 화가 불쑥 치밀었다.

"진짜? 지원이가 큰 역할을 했구나. 얘가 2주 만에 그만큼 찐 것도 대단한 거야."

아빠가 만우와 하이 파이브를 하며 좋아했다. 나는 화를 내려다가 멈칫했다.

"진짜 비효율적인 몸이구나."

"……넌 고효율이야?"

내 말에 놀리듯이 응수하는 만우에게 얼굴이 화끈거렸지만 한마디도 할 수 없었다.

"지원아, 앞으로도 잘 부탁할게."

아빠가 나를 향해 엄지손가락을 치켜세웠다. 딸이 놀림당하는 것도 모르고 해맑게 웃다니. 아빠는 정말 눈치가 없는 사람이었다.

그래도 다행이었다. 얼마 전까지 힘없이 다니던 것에 비해 기분이 많이 나아진 것 같았다. 며칠 전부터 덕기 삼촌 소개로 배달 일을 하게 되면서 조금은 여유가 생긴 듯했다. 아빠가 전처럼 집에서 목소리가 커진 걸 보면 말이다. 엄마는 몸이 상한다고 말렸지만, 아빠는 체육관 식구들을 먹여야 한다며 고집을 피웠다.

"만두야, 뭐 해? 지원이한테 너도 같이 부탁해야지."

아빠가 만우의 목덜미를 잡아 눌렀다. 하지만 만우는 힘으로 버티며 고개를 꼿꼿하게 들었다. 아빠는 이를 악물고 두 손으로 잡아 힘을 주느라 끙끙댔다. 얼굴이 뻘게질 정도로 힘 싸움을 하는 그들의 모습이 한심스러워서 웃음이 나왔다.

"알았어. 대신 나도 복싱 배울래."

체중 관리에 있어서라면 우리는 서로에게 딱 맞는 페이스메이커가 될 수 있을 것 같았다.

"뭐? 복싱을 한다고? 아직은 안 돼!"

나는 아빠가 이렇게 나올 줄 알았다. 아빠는 외동딸인 나를 금이야 옥이야 소중하게 키워서 아직도 내가 어린애라고만 생각했다.

"왜? 지금까지는 운동 좀 하라고 난리였잖아. 살 빼고 근육 만들 거라고."

"살은 더 안 빼도 돼. 지금이 딱 좋아. 얼마나 보기 좋아. 만두야, 안 그러냐?"

아빠가 팔꿈치로 만우의 옆구리를 쿡 찔렀다. 만우는 눈썹을 찌푸리면서도 입을 뻥긋하지 않았다. 아빠보다 그런 만우가 더 꼴 보기 싫었다.

"이제부터 밥 없어. 각자 챙겨 먹든지 말든지 알아서 해."

나는 화가 나서 자리를 박차고 일어났다. 그때 만우가 내 팔을 휙 잡으며 말했다.

"내가 확실히 살 안 찌게 해 줄게."

만우의 얼굴은 진지했다. 심지어 섀도복싱을 할 때보다도 더. 나는 기가 막혀 혀를 찼다.

"어휴, 됐어! 둘 다 상관 마."

나는 밖으로 나가 아파트 계단을 뛰어 내려갔다. 만우와 아빠가 자기들이 서로 해결해 주겠다고 소리치며 따라왔다. 나는 귀를 막으며 내 살은 내가 알아서 할 테니, 좀 조용히 하라고 소리를 쳤다. 우리의 소리가 아파트 계단에서 쩌렁쩌렁하게 울렸다.

공원에 다다랐을 때 반 톡방에 전체 공지가 떴다. 나는 비명을 질렀다. 아빠와 만우가 무슨 일이냐며 급하게 뛰어왔다.

"뭐야? 힘들게 살을 뺐는데, 인제 와서 개학이 또 연기된 대. 이게 말이 돼?"

"잘됐네. 이번에는 확실히 다 뺄 수 있겠다."

옆에서 만우가 웃으며 깐죽거렸다.

"안 돼. 급하게 뺀 살이 아깝다고. 등교한다고 하면 또 그때 빼지, 뭐. 지금은 만두 먹을래."

"뭐?"

만우는 자기를 놀리는 줄 알고 복싱 자세를 취했다. 나는 코웃음을 치며 아파트 입구에 있는 가게를 가리켰다.

"저기 손만두 말이야. 엄청 맛있어."

그 가게 이름은 '맛나 손만두'였다. 일주일에 두 번은 꼬박 꼬박 들러서 만두를 먹던 곳이었다. 그런데 다이어트를 하면 서 발길을 뚝 끊었다. 이 앞을 지날 때 만두 찌는 냄새를 맡으 면 어김없이 배 속이 꼬르륵거렸다. 하루에도 몇 번씩 생각 이 나는 만두 냄새는 다이어트 결심을 무너뜨리는 적이었다. 그동안 아무것도 보이지 않고 냄새도 안 난다고 무시했던 안 타까운 시간이 떠올랐다. 하지만 이제는 개학도 연기됐으니 먹고 싶은 건 다 먹기로 했다.

"너, 다이어트 포기했어?"

만두만 다섯 판을 시키는 나를 향해 만우가 벌써 젓가락을 손에 쥐고서 한소리 했다. 하지만 나는 많이 먹을 아빠와 만우의 양까지 계산한 것뿐이었다. 그들은 이상하게도 자기들이 먹는 양은 생각하지 않았다.

　"아니? 좋아하는 음식은 먹으면서 빼려고. 아까 약속했잖아. 확실하게 살 안 찌게 해 준다며? 아냐?"

　만우에게 되물었다. 만우는 뜨거운 만두를 한입에 넣고 우거우걱 씹으며 고개를 끄덕였다. 대답이라기보다는 먹느라 정신이 없는 것 같았다. 그래도 나는 만우의 대답이 만족스러워 만두를 맛있게 먹었다. 앞으로 몸무게가 너무 많이 줄지 않게 신경을 써야겠다고 생각하면서. 그래야 만우를 계속 만날 수 있을 테니까.

　나는 만두를 먹느라 바쁜 아빠에게 약속한 휴대폰을 사 달라고 졸랐다. 뭐든 좋다며 고개를 끄덕이는 아빠를 보며, 살이 원하는 걸 주는 복덩이라는 흐뭇한 생각을 했다.

나비의 귓속말

내 귀에는 나비 한 마리가 산다. 세상의 모든 귓속말을 다 전해 주는…….

귀에서 바스락거리는 소리가 들렸다. 손거울을 꺼내 비추어 보니 투명한 애벌레가 번데기처럼 딱딱하게 굳어 있었다. 어느 순간 번데기가 들썩거리더니 틈이 벌어져 잔털로 뒤덮인 기다란 곤충 다리가 밖으로 삐져나왔다.

나는 숨이 막혔다. 다른 쪽 다리가 나오면서 번데기의 틈이 더 벌어졌다. 그 틈에서 날개가 나오고 더듬이가 달린 머리가 나타났다. 크기를 보면 내 귀에 있었을 것 같지 않게 컸다.

나의 몸 크기만큼 커다랗고 투명한 나비가 날개를 퍼덕였다. 나비의 눈과 마주치자 소름이 끼쳤다. 그 눈에는 거대한 회오리바람이 불고 있었다. 그걸 바라보다 어지러워져 눈을 찔끔 감았다. 그대로 교실 바닥에 주저앉고 말았다.

"민원이가 수업 듣기 싫다고 또 장난쳐요."

반 애들이 외쳤다.

선생님은 결국 나를 교무실로 불러냈다.

"민원아, 우리 반은 하나야. 네가 자꾸 엇나가서 반 분위기를 흐리고 있어."

"제 귀에서 애벌레가, 나비가……."

"민원아, 선생님은 진지하게 말하는 거야. 교실에서는 구성원끼리 잘 어우러지는 게 중요한 거야. 선생님은 우리 반이 보기 좋았으면 좋겠어. 아프다가 힘들게 나아서 돌아왔으면 적응하려고 노력해야지. 안 그러니?"

선생님은 눈을 반짝거렸다.

나는 아무 말도 할 수 없었다. 자가 격리를 끝내고 돌아온 학교는 그전과는 전혀 다른 곳이 되어 있었다. 이 느낌을 어떻게 설명해야 할지 알 수 없어서 그저 답답하기만 했다.

나는 교실 정중앙에 앉았다. 그곳은 퇴원한 이후에 나의 지정석이 되었다. 선생님은 그래야 반의 모든 아이와 두루 두루 친해질 거라며 뿌듯해했다. 내가 반의 중심이 되었다며 눈부신 미소를 지었다.

그런 배려는 내게 전혀 도움이 되지 않았다. 오히려 주변 애들과의 사이에 투명한 막이 생긴 것을 느꼈다. 선생님은 한 달 만에 돌아왔으니 어색해서 그런 거라고 했다. 조금 있으면 적응이 될 거라면서.

하지만 선생님은 모르고 있었다. 애들이 나와 거리를 두고 있는 것을. 병에 걸린 게 내 탓이 아닌 데다, 그것도 다 나아서 등교를 한 건데도 애들과의 거리는 우주만큼 멀어졌다.

내 책상에는 여기저기 낙서가 되어 있었다. 애들은 '전염병자'나 '학교에 나오지 마.', '꼴 보기 싫어.'라는 말을 적어 놓았다. 그리고 최근에는 '바다돼지'라는 단어가 새로 적혔다. 처음에는 '돼지'라는 글자만 봤다. 뭐 이 정도야 싶었다. 그런데 '돼지' 위에 '바다'라는 글자가 작게 새겨져 있는 걸 발견했다. 뭔가 싶어 검색해 봤다가 휴대폰을 내던질 뻔했다.

나는 교실 한가운데에 있지만, 망망대해에 혼자 돛단배를 타고 있는 기분이었다. 햇볕만이 쨍쨍 내리쬐는 바다에서 목이 바싹 메말랐다. 바닷물을 아무리 먹어도 갈증은 점점 더

심해질 뿐이었다. 앞뒤 좌우를 살펴봐도 나를 구해 줄 사람
은 없었다.

내 앞의 아이가 옆자리 아이에게 귓속말을 속삭였다. 둘은
나를 한번 쳐다보고는 키득거렸다. 그 귓속말은 내 옆자리로,
뒷자리로, 반대편으로 옮겨 갔다. 그들도 내게 눈길을 한 번
씩 던지면서 킥킥거렸다.

나는 고개를 숙이고 눈을 감았다. 하지만 보지 않을수록
애들의 모습은 더 선명하게 눈앞에 떠올랐다. 쉬는 시간에도
나를 쳐다보며 자기들끼리 귓속말을 했다. 소곤거리는 소리
가 귀를 간지럽혔다. 어떤 말을 하는지 나도 귀에 손바닥을
모아 애들 사이에 갖다 대고 싶었다.

아이들이 수군대며 나를 둘러싸고 둥글게 둥글게 돌았다.
낄낄거리는 웃음이 불꽃놀이처럼 밤하늘에 팡팡 터지는 것
같았다.

머리가 어지러워 쓰러질 뻔했다. 책상을 구명 튜브처럼 붙
잡았다. 당장이라도 튜브를 놓쳐서 깊은 물속으로 빠질 것
같았다. 손에 힘을 꽉 주며 고개를 숙였다.

선생님은 그런 우리를 행복한 듯 바라보았다. 반 친구들끼
리 잘 어울려 논다면서.

나는 너무 힘을 주다가 귀가 아파 쓰러졌다. 눈을 떠 보니 보건실이었다. 보건 선생님이 나를 내려다보고 있었다.

"귀에서 뭐가 나오는 것 같아요."

보건 선생님은 고개를 흔들며 깊은 한숨을 내쉬었다.

"넌 아무 이상도 없어. 병은 깨끗하게 다 나았잖아. 아까 함께 온 애들이 네가 사춘기라서 많이 힘들어 한다고 말해 주더구나. 요새 친구들하고 인사도 잘 안 하고 수업 태도도 불량하다면서? 선생님도 너처럼 반항하고 싶을 때가 있었어. 하지만 지나고 보면 아무것도 아니란다."

나는 졸지에 사춘기에 휘청대는 성격 예민한 아이가 되었다. 사춘기는 시간이 지나면 자연스레 통과할 것이다. 하지만 나는 누구도 알지 못하는 이상한 병에 걸리고 말았다. 뭔가가 귀를 파먹고 있는 것 같은데, 아무도 그걸 보지 못했다.

아침 일찍 집에서 나왔다. 어스름하게 밝아 오는 길을 걸어갔다. 학교에 맨 먼저 도착해서 교실을 한 바퀴 돌았다. 항상 앉고 싶었던 자리에 조심스럽게 앉았다. 교실 맨 뒤 창가 자리였다. 그 자리에서 하늘에서 어둠이 서서히 걷히는 걸 지켜보았다. 태양이 떠오를수록 세상은 환한 빛으로 반짝거렸다.

하지만 나는 결국 그 자리를 지키지 못했다. 나보다 교실에 늦게 들어온 아이가 콧방귀를 뀌었다. 다음에 들어온 아이까지 합세해 내 앞에 섰다. 애들은 나와 일정한 거리를 두고 서로 귓속말을 건넸다.

"어쩐 일로 빨리 왔지?"

"집에서 쫓겨났나 봐. 병균이라서."

"누가 보고 싶겠어? 저런 괴물을. 머리 좀 봐⋯⋯."

이상했다. 그들의 귓속말이 너무나 잘 들렸다. 내 앞에서 귓속말하는 걸 볼 때면 그들에게 대놓고 소리치고 싶었다. 할 말이 있으면 크게 얘기하라고 말이다.

그런데 지금은 손바닥으로 귀를 막아도 속삭이는 소리가 귓속을 쾅쾅 울릴 정도로 컸다. 커다란 천둥소리에 하늘이 무너지는 것 같았다.

"쟤, 온몸에 털이 하나도 없대. 맨날 집에서 자기 손으로 뽑는다더라."

나는 아무 소리도 듣고 싶지 않았다. 하지만 내 몸 안에서는 찢어질 듯한 비명이 끝없이 울렸다.

애들은 책상에 엎드려 있던 나를 그대로 밀어붙였다. 책상과 의자가 끽끽거리는 소리를 내며 움직였다. 나는 아이들의 힘으로 교실 한가운데에 다시 있게 되었다. 애들은 나를 가운데에 두고 돌았다. 빙글빙글 도는 애들은 어느 순간 머리에 깃털을 꽂은 인디언이 되었다.

"아우우우우."

애들은 손바닥으로 입을 쳐 대며 소리를 냈다. 나는 장작불 위에서 통째로 익어 가는 바비큐 덩어리가 된 것 같았다. 새빨간 불이 이글거리며 온몸을 불태웠다. 통증에 입술을 앙 다물며 몸을 잔뜩 움츠렸다. 애들은 깔깔거리며 밝게 웃었고, 선생님은 우리가 어울려 노는 모습이 보기 좋다며 다 함께 손뼉을 치자고 했다.

나는 항상 모자를 쓰고 다녔다. 애들은 그런 나를 보며 이해할 수 없다는 듯이 고개를 갸웃거렸다.

"왜 맨날 모자를 써?"

옆자리 아이가 물었다. 그 질문과 동시에 반 아이들의 눈초리가 모두 내게 쏠리는 게 느껴졌다. 하지만 무슨 말을 어떻게 해야 할지 알 수 없었다. 고민하는 나를 보며 애들은 수군거렸다. 나를 두고 하는 귓속말이 다시 시작되었다.

"쟤가 말이야……."

"어쩜, 그럴 수가. 내가 들은 건……."

귓속말의 홍수 속에서 입을 열어 봤지만 뻐끔거리기만 했다. 그런 내게 관심을 두는 애는 아무도 없었다.

애들은 내 주변을 에워싸며 몰려다녔다. '쌀보리'를 할 때처럼 손을 재빠르게 내밀었다가 뺐다. 나는 그럴 때마다 몸을 움찔거렸다. 킥킥, 큭큭. 날카로운 웃음소리가 귓속을 긁어 댔다. 그런 애들의 얼굴은 다 똑같아 보였다. 눈, 코, 입이 없는 반들반들한 하얀색 가면을 쓰고 있는 것 같았다. 모두 하얀 마스크를 쓰고 있어서 더 그랬다.

애들은 서로 경쟁했다. 내 모자를 누가 먼저 뺏느냐는 게임이었다. 한 아이가 날카로운 발톱으로 먹잇감을 낚는 독수리처럼 순식간에 내 모자를 잡아챘다. 그러자 애들은 모두 눈이 부신 듯 팔을 들어 얼굴을 가렸다.

내 머리는 땀에 젖어 번들거리며 빛났다. 나는 정수리 부분에 머리카락이 별로 없었다. 머리카락 색깔이 옅거나 별로 없어서 흡사 아무것도 없는 것처럼 보였다.

나는 급하게 손을 뻗어 보았다. 하지만 모자를 쥔 아이는 나보다 재빨랐다. 애들은 무슨 재미난 물건이라도 되는 듯이 깔깔거리며 내 모자를 갖고 뛰며 서로 던지고 받았다. 나는 힘이 빠져 자리로 가서 앉았다. 의자에 앉는 거 외에는 할 수 있는 일이 없었다.

또다시 아이들의 귓속말이 시작되었다.

"쟤, 진짜 대머리독수리 닮지 않았어?"

"아니야, 바다돼지를 더 닮았어. 얼마나 똑같은데."

"저거 전염병 아냐? 나도 감염되면 어떡해? 같이 학교 다니기 싫어 죽겠어."

"진짜? 그럼 나도 대머리 되는 거야?"

나는 '아니!'라는 말을 반복하며 고개를 저었다. 하지만 내 주위를 감싸고 손바닥으로 전염병을 막는 시늉을 하는 애들에게는 아무 소용이 없었다.

애들은 매일 나를 두고 새로운 놀이를 찾았다. 오늘은 애들이 말을 타는 시늉을 했다. 안장에 앉아 박차를 가하며 말 엉덩이를 손바닥으로 내려쳤다. 말이 히힝거리며 울부짖는 것 같았다. 애들이 탄 말은 동시에 위아래로 움직이며 내 주위를 뱅그르르 돌아갔다. '따라라 따라라라'거리는 음악이 흘러나오며 회전목마가 움직이는 모습이었다.

"민원이는 대머리래요. 머리가 번쩍번쩍 아저씨래요⋯⋯."

애들은 검지로 나를 가리키며 돌림노래를 끝없이 주고받았다.

작년까지만 해도 내 머리는 이렇지 않았다. 심심해서 피시방에 다녀온 날이 있었다. 학원에 확진자가 나와서 며칠간 문을 닫아야 한다는 연락이 왔다. 다행히 밀접 접촉자가 아니라서 진단 검사를 받고 음성이 나온 걸로 끝이었다. 학원도 못 가게 된 마당에 집에만 있는 건 너무나 답답했다. 그래서 집 앞에 있는 피시방에 딱 두 시간 갔다 온 게 다였다.

그런데 그 행동이 후폭풍을 몰고 왔다. 얼마 지나지 않아 그 피시방에서 확진자가 나오고, 나는 밀접 접촉자가 되었다. 진단 검사 결과 가족 모두 확진 판정을 받았다. 모든 치료가 끝나고 내 몸은 다시 건강해졌지만, 학교에서 나는 병균에 불과했다.

거리를 두고 피하는 애들 때문에 속이 상했다. 나도 모르게 머리카락을 쥐어뜯었다. 그렇게 몇 주가 지나자 듬성듬성해진 머리카락 사이로 정수리의 허연 피부가 드러났다. 피부과를 찾아갔더니 스트레스 때문이라는 진단을 받았다.

아직은 모낭이 살아 있어서 머리카락이 다시 자라날 테지만 더는 뽑으면 안 된다는 경고를 들었다. 부모님은 절대 그런 행동을 하지 말라고 했지만, 생각처럼 쉽지가 않았다.

얼마 후에 반에 한 아이가 전학을 왔다. 애들은 호기심 어린 표정으로 전학 온 아이에게 온 신경을 모았다. 이런 감염병 시국을 뚫고 온 전사 같다며 웃는 애들도 있었다. 아이는 긴장된 얼굴로 주위를 두리번거리며 부스스한 머리를 손으로 더 헝클어뜨렸다.

"나는 우박복⋯⋯."

"푸하하! 박복이래, 박복. 저 말투는 또 뭐야? 크크."

끝났다. 반의 분위기를 주도하는 리더의 말에 따라 다들 귓속말하면서 일사불란하게 움직였다.

"쟤한테서 무슨 냄새가 나지 않아?"

"저 더러운 옷은 뭐야?"

"쟤, 털옷이라도 입고 있나 봐."

귓속에 있는 나비 덕분에 아이들의 귓속말이 생생하고 또렷하게 들려왔다.

무엇이든 많거나 적으면 안 된다. 그저 '중간'이 되어야 한다. 그게 평범하다는 것이다. 평범해야지 사나운 늑대들의 공격을 받지 않는다.

우리 세계에서 이 모든 건 재미를 위한 일종의 게임일 뿐이다. 술래잡기 같은 것이다. 술래가 다수라는 점이 다르지만 말이다. 이 게임에서는 술래가 되기 위해 노력해야 한다. 눈치를 살피며 애들이 생각하는 평범한 테두리를 벗어나지 말아야 한다. 겉모습은 바꾸기 힘들어서 공격당하기 좋은 약점이 된다.

내 귀에 다시 어떤 소리가 들렸다.

'박복이라는 아이가 우리 반 분위기를 망쳐 버릴 것 같아 걱정이에요. 기초 학력이 우리 반 실력보다 너무 떨어져요. 우리 반 수준을 따라올 수 있을까 걱정이에요. 저번 학교에서도 말썽을 많이 피웠다면서요? 근데 털이 왜 그렇게 많죠? 징그러울 정도예요. 정말 우리 반하고 어울리지 않아요. 그것도 하필 이런 어수선한 시기에 전학을 와서는……'

선생님의 목소리였다. 어른의 세계라고 해서 우리와 다를 건 없었다. 나는 놀랄 겨를도 없이 옆자리에 있던 아이에게 귓속말을 전했다.

"쟤가 말이야……"

박복이는 그렇게 내가 있던 자리에 앉게 되었다. 교실 한가운데에.

며칠 지나지 않아 내 귀의 투명한 나비가 박복이에게 날아가 감싸 안는 것을 보았다. 가슴속에 이유를 알 수 없는 슬픔이 차올랐다.

애들은 박복이 주위를 둥글게 둥글게 돌았다. 그 속에 있는 박복이는 애들에게 가려 잘 보이지 않았다. 투명한 나비만이 점점 더 커다래졌다. 나비는 얼마 안 가 교실 천장에 닿을 듯했다. 나비가 풍선처럼 터져 버릴 것만 같았다.

펑!

나비가 정말로 폭발해 버렸다. 교실을 울릴 정도로 커다란 소리를 내면서.

"푸하하! 진짜야?"

박복이 주위를 돌던 아이들 속에서 갑자기 커다란 웃음소리가 쏟아져 나왔다.

"그래, 할아버지가 박이 터질 정도로 복을 많이 받으라고 지어 준 이름이라니까."

"근데 털이 왜 이렇게 많아?"

"야생에서 살아와서 그래."

"그게 무슨 말이야?"

애들이 고개를 갸웃거렸다.

"난 깊은 산속에서 자랐어. 인간들에게 잡혀 어쩔 수 없이 학교에 다니게 된 거야. 인간들만 아니라면 학교에 다닐 필요는 없을 텐데 말이야."

"그럼 늑대 인간인 거야?"

"그래, 산에서 생존하려면 털이 많아야 해. 밤에는 추워져서 털로 체온을 유지해야만 하거든."

"에이, 거짓말!"

"그럼 쟤는 왜 털이 없어?"

"쟤는 전염병에 걸려서 그래. 바이러스가 아직 몸에 남아 있어서 머리털이 뽑히는 거야."

"우아, 나도 걸릴까 봐 무서워."

아이들의 시선이 한꺼번에 내게 몰렸다. 그 시선은 화살이 되어 내 몸 이곳저곳에 박혔다. 병원에 있을 때 팔에 꽂히던 주삿바늘처럼 따끔거렸다. 내 몸에서 보이지 않는 피가 흘렀다. 나는 고개를 푹 숙이고 몸을 잔뜩 움츠렸다.

"쟤는 지금 진화를 거듭하고 있는 거야."

"그게 무슨 말이야?"

나도 마음속으로 애들과 똑같이 물었다. 이해할 수 없는 말이었다.

"인간이 원숭이에서 진화했다는 거 알고 있어? 인간이 원숭이와 다른 점 중 하나가 털이 없다는 거야. 그리고 일단 한 번 걸렸다가 나았으니, 쟤는 슈퍼 면역자가 된 거야. 한마디로 슈퍼맨이라는 말이지."

박복이의 단호한 설명에 애들은 할 말을 잊고 어이없다는 표정을 지었다.

나는 큰 충격을 받아 뒤통수에 커다란 종이 울리는 것 같았다. 박복이가 얘기한 것처럼 생각할 수 있다는 걸 처음 알았다. 내가 다른 애들보다 더 진화한 인간일 수도 있었다. 슈퍼 면역자, 슈퍼맨이라니…….

"에이, 난 그런 거 안 믿어."

"나도!"

박복이 주위에 있던 애들이 김이 빠진다는 듯이 자기들 자리로 돌아가 버렸다. 애들이 물러서자 그 가운데에 있던 박복이가 드러났다. 눈이 마주친 박복이는 밝게 웃으며 나를 향해 엄지를 치켜세웠다.

박복이의 웃음 뒤로 나비가 다시 나타났다. 터져 버린 줄 알았던 커다란 나비가 박복이를 감싸 안고 날개를 퍼덕거렸다. 몸통을 흔들던 나비가 하얀 연기로 변하면서 서서히 사라져 갔다. 박복이의 팔에 날개 몇 조각이 남아 파닥대다가 흩어졌다.

내 귀에 단단히 붙어 있던 투명한 번데기 껍질이 쩍쩍 갈라졌다. 바람이 불자 먼지가 되어 날아갔다. 내 귀를 울려 대던 속삭임이 뿌연 먼지 속으로 사라졌다.

나는 소곤거리는 소리가 아니라 박복이의 얘기를 더 듣고 싶어졌다. 그 애는 세상에 떠도는 재미있는 얘기를 많이 알고 있을 것 같았다.

내일을 생존하기 위한 기록

이 작품집은 한국문화예술위원회(아르코)에서 주관하는 '코로나19, 예술로 기록' 사업의 지원으로 감염병 시대를 살아가는 청소년들을 만나 인터뷰하면서 시작되었다.

대학교와 고등학교를 연계한 〈꿈꾸는 공작소〉 프로그램 중 '청소년의 코로나19 생존기'라는 수업을 통해 만난 고등학생들과의 창작 활동, 나의 다양한 나이대 조카들과 그 친구들, 지인들의 자녀들을 대상으로 한 설문 조사, 그리고 별도의 인터뷰가 바탕이 되었다.

인터뷰를 하면서 청소년들에게 코로나19가 지대한 영향을

미친 건 사실이지만, 꼭 나쁜 면만 있는 게 아니라는 데 흥미를 느꼈다. 청소년들은 우리가 막연하게 생각하는 것보다 더 다양한 모습으로 코로나19를 받아들이고 있었다.

온라인으로 수업을 받느라 학습 능률은 떨어졌고, 친구들을 사귈 수도 없었다. 하지만 집에서 지내는 시간이 많아지면서 식구들이나 반려동물과 함께 보낼 수 있는 시간이 늘었다고 했다. 혼자만의 시간을 즐기는 법을 배우게 된 것도 소중한 변화로 언급되었다. 웹툰이나 웹소설을 많이 보면서, 십자수를 하거나 쿠키를 만드는 등 집에서 찾는 취미 생활에서 쏠쏠한 재미를 느끼고 있었다.

무엇보다 코로나19를 겪으면서 전에는 생각해 보지 않았던 세상을 향한 새로운 관심을 갖게 되었다고 했다. 바이러스의 위험성, 전염에 대한 공포를 느꼈고, 배달 음식을 자주 시켜 먹은 탓에 자꾸만 쌓이는 일회용품들을 보면서 환경에 대해 걱정하기도 했다.

여기에 실린 이야기들은 이러한 청소년들의 생각을 바탕으로 창작되었다.

나는 이 땅의 모든 청소년에게는 각자의 방식으로 자신을 치유할 힘이 있다고 믿는다. 청소년들은 힘들고 어려운 상황

속에서도 오늘을 뚫고 나가기 위해 애쓰며, 미래를 향한 꿈의 실현을 그린다. 내일을 생존하기 위한 이 기록들이 청소년들에게 이 세상이라는 망망대해에 혼자 던져져 겪는 일이 아니라고 생각할 수 있는 작은 위로가 되기를 바란다.

이 글이 세상에 나오기까지 많은 시간과 여러 사람의 도움이 있었다. 부족한 글을 책으로 마무리해 주신 푸른숲주니어 편집부, 갈팡질팡 고민하는 내게 따뜻한 시선과 힘찬 응원을 보내 주시는 모든 분께 말로 표현할 수 없는 깊은 감사를 드리고 싶다.

눈 덮인 세상 속에서
2022년 12월의 끝자락에서